從前從前，
Long Long Ago,
There Was A Joke.
有本笑話
「叫小賀」
佐佐木小色狼
／編著
真的是
有夠好笑
的啦！

WWW.foreverbooks.com.tw yungjiuh@ms45.hinet.net

幻想家系列 49

從前從前，有本笑話「叫小賀」

編　　著　佐佐木小色狼
出 版 者　讀品文化事業有限公司
執行編輯　陳玉如
美術編輯　姚恩涵

總 經 銷　永續圖書有限公司
TEL／(02)86473663
FAX／(02)86473660
劃撥帳號　18669219
地　　址　22103　新北市汐止區大同路三段 194 號 9 樓之 1
TEL／(02)86473663
FAX／(02)86473660
出 版 日　2018年02月

法律顧問　方圓法律事務所　涂成樞律師
CVS代理　美璟文化有限公司
TEL／(02)27239968
FAX／(02)27239668

國家圖書館出版品預行編目資料

從前從前,有本笑話「叫小賀」 / 佐佐木小色狼編著. -- 初版. -- 新北市 : 讀品文化, 民107.02印刷　面 ;　公分. -- (幻想家 ; 49)
ISBN 978-986-453-067-0(25K平裝)

856.8　　106024107

003

目錄
Contents

目錄
Contents

007

目錄
Contents

老闆說

老闆對老婆說：「吃飯！睡覺！」

老闆對美女說：「吃個飯！睡個覺！」

老闆對情人說：「吃飯飯！睡覺覺！」

老闆對員工說：「吃什麼飯！睡什麼覺！通通加班！」

法官與原告

法官：「他在打你以前，你有沒有設法阻止他？」

原告：「有啊！我用了各種最惡毒最難聽的語言去阻止他，可是他還是狠狠地揍了我一頓。」

沒魚蝦也好

老媽對兒子說：「人家慈禧太后下葬時口中都含著一顆

大珍珠，在我死之後一定也要含些什麼東西才有面子。」

兒子說：「你要含貢丸還是樟腦丸？」

避嫌

妻子：「每次我唱歌的時候，你為什麼都跑到陽臺上？」

丈夫：「我是想讓大家都知道，不是我在打妳！」

我不是母牛

一個專養乳牛的牧場，為了維持牧場內牛隻的數量，在母牛群中養了一隻公的乳牛。但是時間久了，這隻公牛也老了，開始有點力不從心，於是牧場的主人又買了一隻新的公牛來維持牛隻數量的工作。至於那隻老公牛，由於過去數年來，牠沒有功勞也有苦勞，所以主人還是繼續放牠在母牛群裡逍遙。有一天，主人去巡視牧場，看見老公牛氣喘噓噓地

趴在草地上。

　　牧場主人走近的說：「你年紀都一大把了，就收斂一點，不要做這麼多，其餘的就給那頭新來做就是了。」

　　老公牛一臉無辜的說：「你難道不能告訴那隻新來的說：『我不是母牛、我不是母牛！』……」

彼此彼此

晚餐時，老公抱怨老婆煮的菜太難吃。

老婆說：「你娶的是老婆，不是廚師！」

晚上睡覺時，老婆說：「樓上有怪聲，你上去看看。」

老公回說：「妳嫁的是老公，不是警察！」

吃醋

老公：「嘿！老婆！我覺得隔壁的王太太實在很討厭

耶！每次都來借醋，然後藉口都是到我們家吃螃蟹。」

老婆：「就是咩！我們一定要想個辦法啦！不要讓她太囂張。」

老公：「對！我們一起想辦法……」

老婆：「啊！我想到了啦！我們就跟王太太說我們今天起要多吃醋，叫她借我們幾隻螃蟹！」

期待

夫婦倆一起去參觀美術展覽，當他們走到一張僅以幾片樹葉遮掩下部的裸體女像油畫前，丈夫目瞪口呆地站在那裡，很長時間都不離開。

妻子忍無可忍，狠狠地揪住丈夫吼道：「喂！你到底在等什麼啊？」

丈夫期待的眼神說：「秋天……草枯落葉的時候。」

知錯不改的丈夫

「你總是知錯不改，真是個膽小鬼！」一個婦人抱怨自己的丈夫。

丈夫無奈的表示：「我若有這種勇氣，五年前我就和妳離婚了。」

怨氣難消

法官望著被告說：「我看著你有點眼熟，是不是在哪裡見過你？」

「是的，法官先生，二十年前，是我介紹尊夫人和你認識的。」被告說。

「原來是你！太可惡了！判你二十年有期徒刑！」法官咬牙切齒地說。

拉窗簾

光著身體的妻子：「把窗簾拉上吧！我這模樣，要是讓對面屋裡那人瞧見，多不好意思！」

丈夫：「不必擔心，那人要是瞧見妳這模樣，就會把他家窗簾拉上的。」

時髦服裝

妻子從服裝商店回來，高興地對丈夫說：「親愛的，快來看我買的這件衣服，這是目前名模最愛穿時髦服裝！」

丈夫：「是不錯。不過這服裝太陽曬了後會褪色的。」

妻子：「不會的，售貨員說了，它放在櫥窗已經整整三年了，顏色仍然是這樣鮮艷。」

身材很美

年輕的太太每天都被一陌生男子騷擾。當她開門應鈴時，陌生男子總是很有禮貌地問一個相同的問題：「太太，聽說你的身材很美？」

即使遭到閉門羹，陌生男子卻從未放棄。最後妻子要求丈夫在家，並在開門時先躲起來。

「太太，」陌生男子又說道：「聽說妳的身材很美？」

妻子仗著丈夫在家，就大膽地回答道：「身材很美又怎麼樣？」

「如果是這樣的話……」陌生男子答道：「請妳轉告妳的先生，要他多多利用妳那美麗的身材，請他不要再騷擾我的太太了。」

結了婚的男人

跟我老公結婚以前約會時，他都很想親我，於是跟我約

定「開車時每停一個紅燈，就親我一下」，我同意了之後，他每次載我，都專挑那些紅綠燈超多的省道去開。

結婚後，有一次我突然想起這件事情，於是我要求他像以前一樣，每停一個紅燈，就親我一下，他欣然同意，可是我發現那次……他卻開高速公路回家！

比經驗

一位老先生走在路上被計程車撞到，於是二人在路邊吵了起來……

司機：「我的駕駛技術是一流的，錯不在我，而且我有十年的駕駛經驗呢！」

老先生：「是嗎？我走路走了五十年，還是第一次被撞！」

高招

有 ABC 三個死刑犯即將要執行槍決，典獄長想問他們有什麼他們可以做的到的遺願？除了要求釋放他們以外。

A 毫不猶豫的說：「我要防彈背心！」

典獄長：「可以啊！」待他穿好防彈背心後，典獄長朝他頭上開了一槍。

B 目睹了 A 的死法，想了想說：「我要防彈頭盔加防彈背心！」

典獄長：「當然沒問題！」待他穿好後，典獄長就把 B 吊死了。

C 想了一下說：「我想見我的孫子。」

典獄長：「可是你的小孩不是還沒結婚嗎？」

C 說：「沒關係，我可以慢慢等！」

下棋和游泳

剛入學的時候全班自我介紹。一個同學走上講臺：「我叫尤勇，來自台南，我愛下棋！」說完就下去了。

下一位是個女生，她嬌羞地走上講臺，忐忑不安地自我介紹：「我……我叫夏琪……我、我喜歡游泳……」

菩薩

男精神病患者：「我有話想要告訴妳。」

女精神病患者：「什麼事？說呀！」

男精神病患者：（小聲耳語）「妳一定要保守祕密，我是菩薩的兒子。」

女精神病患者：「胡說八道，我什麼時候生過你這個兒子？」

分遺產

老人臨終前分遺產給兒子。

對大兒子說：「你媳婦快生小孩了，把存摺留給你。」

對二兒子說：「你馬上就要結婚，我把房子留給你」

最後，對小兒子說：「我最不放心你了，現在還沒個女朋友，就把最寶貴的遺產留給你吧。」

小兒子心中竊喜，沒想到老人說：「我要把 SKYPE 的帳號給你，裡面好友欄裡有一百多個年輕小姐……」

三缺一

鄰居某老太太生前酷愛打麻將，她過世之後子女為了表達孝心，決議燒一副麻將作為陪葬品，唯獨一位老太太最疼愛小女兒力排眾議大加反對。

眾子女大為不解的問：「為什麼不能送麻將？」

「萬一人手不夠，她來叫我們湊一腳時，要怎麼辦？」

怕他會出軌

汽車嫁給了火車，但是沒多久就離婚了。

大家問其原因，汽車傷心地說：「他天天都在擔心我會被撞，實在讓人受不了。」

「妳不理他不就好了嗎？」

「但是我也時時都怕他會出軌呀！」

不是唯一

記得剛畢業不久的一天，女友發了一則簡訊給我：「我們還是分手吧！」我正感到傷心欲絕的時候，女友又發來一則：「對不起，傳錯了。」

看到後，我徹底傷心了……

童言童語

幼稚園老師出了題目叫作「公雞」。

老師：「哪一種動物有兩隻腳，每天太陽出來時會叫，而且叫到你起床為止？」

小朋友異口同聲大叫：「是我媽媽！她很會叫！」

有種就吃

一位黑道兄弟去牙科診所拔牙，拔完後拿藥單去藥局領藥。回家後，忘了藥師交代的服用方式，情急之下打電話回牙科診所詢問。

兄弟：「藥那麼多顆，要怎麼吃？」

護士：「你有腫就吃，沒腫就不要吃囉。」

兄弟：「……靠！竟然問我有沒有種！」

結果隔天這位兄弟就死了，因為他把所有的藥都吃了。

嚇死了

平穩地飛行，機長愉快的廣播。

機長：「女士們，先生們，我是你們的機長，歡迎大家搭乘本次航班，我想告訴大家的是……啊！天哪！」

不久後，廣播裡就再沒有聲音了。

這時所有的乘客都嚇壞了，連空姐也害怕的不知所措，機艙內鴉雀無聲……

過了好一會，廣播終於傳來了機長的聲音：「女士、先生們，很抱歉，讓大家受到驚嚇了。剛才空姐倒咖啡時，不小心把咖啡撒在了我的襯衫上，不信你們來看，襯衫都濕透了！」

乘客怒吼：「襯衫濕了算什麼，你來看看我的褲襠！」

有錢的祕訣

記者訪問一位富翁，問他為什麼這麼努力賺錢。

富翁：「這一切都要感謝我的老婆。」

記者：「那是為什麼？」

富翁：「因為很好奇，我想知道，到底我要賺多少錢才夠她花。」

我兒子是 GAY

小賀、小明、小華、小黑四人在聚會，順便閒聊自己的家務事。

小明：「我兒子啊，挺有出息的，當 CEO 了，朋友生日，直接送了輛賓士。」

小華：「我兒子啊，當機長了，朋友生日，免費讓他環球旅行一回。」

小黑：「我兒子啊，搞房地產的，朋友生日，送了棟別墅。」

小賀：「我兒子是 gay，不過生日收到一輛賓士和一棟別墅，順便環球旅行了一回。」

螢火蟲

有一天兩兄弟在睡覺，弟弟對哥哥說：「哥！今天蚊子好多哦！」

哥說：「把燈關了蚊子就看不到我們了，趕快睡吧！明天還要早起。」

後來弟弟真的把燈關了，忽然間一隻螢火蟲飛了進來，弟弟很緊張的說：

「老哥！老哥！慘了！蚊子提燈籠來找我們了！」

老哥：「@＃＄％！」

減肥

路上，小李碰到小賀，於是就閒聊了一下：「聽說你老婆為了減肥，到騎馬俱樂部去運動了？」小李問道。

「是啊！他參加騎馬俱樂部已經快一個禮拜了」

「怎麼樣？成果如何？」

「很不錯啊！那匹馬瘦了快二十公斤了！」

麻將送終詞

某人麻將成癮，死在麻將桌上。殯葬時兒子寫了篇悼詞：

老爸，昨天你兩眼還像二餅，今天就成了二條，不知東南西北風哪個把您害了！

您的追悼會開得很隆重，清一色都是您的麻友，大家排成一條龍與您告別，每人給您獻上一槓花。

您一生都想發財結果仍是白板，今到火葬場，您終於糊了！

做人要誠實

老師問小賀說：「喪權辱國的『馬關條約』是誰簽訂的啊？」

小賀說：「干我屁事，我才不知道也不想知道呢！」

老師很生氣的請小賀的媽媽到學校來，告訴媽媽說：「小賀學習態度很差，連馬關條約是誰簽的都不知道。」

媽媽於是生氣的對小賀說：「小賀啊！男孩子要敢做當，那個什麼條約如果是你簽的就要勇敢承認，做人要誠實啊！」

兩個高中同學比爛

甲：「我們高中最後一名是誰，還不是你嗎？」

乙：「那還不是因為你被退學了。」

見貨付錢

月黑風高，毒販與黑道老大進行交易。毒販拿出一個黑色皮箱，放到桌上，打開一看，裡面滿滿都是海洛因。

毒販對老大說：「公平交易！見貨付錢！」

黑道老大勃然大怒，掏出手槍對著毒販邊開槍邊喊：「你他媽才是賤貨！你他媽才是賤貨！」

我還沒死

那天我正在玩線上遊戲，結果阿嬤要我下樓去燒紙錢，所以只好先掛網一下。

一回來，我妹就跟我說：「哥，剛剛有好幾個人要找你耶！」接著我妹又說，「不過我知道你在燒紙錢，所以我就幫你回他們唷！」

看著妹妹那麼善解人意，就誇獎了她一下，但是當我看到線上的朋友們都下線了，我覺得很奇怪，就看了一下聊天記錄。

結果，我那天才老妹居然給我回：

「對不起，我哥已經不在了……除非我去幫他燒紙錢，不然他沒有辦法從下面上來跟你們說話。」

原來如此

病人對醫生說：「哎呀！我吃的那些生蠔好像不大對勁？」

「那些生蠔新鮮嗎？」，醫生一面按病人的腹部一面問：「你剝開生蠔殼時肉色如何？有沒有聞到腥臭味？」

病人：「什麼！要剝開殼吃？」

乳等於小

老師給小朋友解釋：「乳」就是「小」的意思。比如「乳豬」就是「小豬」，「乳鴿」就是「小鴿」。

老師：「小賀，請你用『乳』字造個句。」

小賀：「我家經濟條件不太好，只能住在15坪左右的乳房。」

老師：「（暈眩）……這個造句不行。換一個。」

小賀：「我每天上學都要跳過我家門口的一條乳溝……」

老師：「（暈眩）……這也不行，再換一個。」

小明：「老師，我想不出來了，我把我的乳頭都想破了，還是想不出來……」

老師：（我暈……）

誰倒楣

婦產科的候診室前，有兩個準爸爸不安地踱步著，等待妻子生產。

其中一位嘆氣地說：「真倒楣啊！剛好是在我休假的時候來，看來賺不到公司給的假期了……」

另一位則說：「我比你更倒楣，我昨天還在和我新婚老婆度蜜月呢！」

希望能成功

「醫生，手術成功的可能性有多少？」

「哦！我連這一次，已經有九十七次的手術經驗了。」

「那我就放心了。」

「嗯！我也希望在有生之年能成功一次。」

外國人的幽默

一個學了多年英文的學生，經過長久的努力，終於學會了「hello」以及 26 個英文字母。

他高興的跑上街去，隨手攔住一個外國人，緩緩跟他說：「Hello ！ ABCDEFG……」

那個外國人瞪大了眼睛、張大了嘴，聽他一字一字唸完。

好不容易回過神後，外國人想了想，清清喉嚨緩緩的跟這個學生說：「你好！ㄅㄆㄇㄈㄉㄊ……」

推銷員

一天某推銷員按電鈴：「太太我這邊有一本書《丈夫晚歸的五百種藉口》，妳一定要買！」

太太：「開笑話！我為什麼一定要買？」

推銷員：「我剛賣給妳先生一本了！」

恐怖情書

小賀暗戀隔壁班的一個女孩子，所以他有一天就決定要先寫匿名信給她，朋友就問小賀發現她的反應如何呢？

小賀：「很激動！」

朋友：「那很好啊！再來發展如何呢？」

小賀：「可是後來她就去報警了……」

原來小賀的匿名信，是用報紙跟雜誌的內文字，一個字一個字的拼湊起來，內容還是「我注意妳已經很久了……」

菩薩的功能

一個小男孩怕黑，一天晚上，他媽媽叫他去大門口拿掃把。

「媽媽！我不敢出去，外面很黑。」

媽媽笑笑說道：「不要怕，孩子，有菩薩在那裡，祂會保護你的。」

「妳確定菩薩在外面嗎？」小男孩懷疑的問。

「當然，菩薩是無所不在的，你需要祂幫忙的時候，祂就會出現的。」

小孩子想了想，慢慢的走到門口，對著外面喊著：「菩薩，您在外面嗎？幫我把掃把拿進來好不好？」

是誰做的

出海兩年多的的船員小賀終於回到家鄉。

但是一回到家的他卻發現多一個嬰兒！小賀激動的問著

妻子：「是誰做的好事？是不是隔壁的阿明？」

「不是。」妻子回答

「是不是我的朋友小華？」

「不是。」

「一定是小王，我那該死的酒肉兄弟！」

「煩死人了！」妻子叫道：「難道我就沒有自己的朋友嗎？」

多管閒事的下場

有一位穿著簡陋的老太太去超級市場買了三罐貓罐頭，正拿去結帳時，結帳小姐說：「老太太，妳必須把貓抱來，確定妳有養貓，我才可以賣給妳，有些窮老人是會吃貓罐頭的！」

老太太沒辦法，就把貓抱來給結帳小姐看。

隔天，老太太又去超級市場買了三罐狗罐頭，正拿去結帳時，結帳小姐又說：「老太太，妳必需把狗抱來，確定妳

有養狗，我才可以賣給妳，有些窮老人是會吃狗罐頭的！」

老太太沒辦法，就把狗抱來給結帳小姐看。

再隔天……

老太太索性就抱了一個紙箱去超級市場。她緩緩走到結帳小姐前面，請她將手指伸進去摸摸看。

小姐害怕的說：「這是什麼……不會是一條蛇吧？」

老太太再三跟她保證盒子裡的東西絕不會傷害她之後，小姐終於伸進去摸了一下，伸出來之後，結帳小姐聞了聞：「嗯……怎麼聞起來……像大便呢？」

老太太：「是啊……我現在可以買三卷衛生紙了嗎？」

派系鬥爭

某大公司的主管十分怕老婆，但很想知道是不是每個男人都一樣，於是有一天集合公司內所有已婚男士：「覺得自己怕老婆的人站到左邊，覺得自己不怕老婆的人站到右邊。」

之後只見一陣騷動，大部分人都去左邊，只有一個去右

邊，還有兩個站在原地不動。

主管首先問第一個站在原地不動的人：「為什麼你站著不動？」

他答道：「我老婆交代過我，若公司中有分派系時，要保持中立，那一邊都不要參加，所以我站在中間。」

他再問第二個站在原地不動的人：「你又為什麼站著不動？」

他答道：「我老婆說有事不可自己做決定，要先問她才算，我可不可以先打個電話給她呀？」

這時眾人皆以敬佩的眼光投向獨自站到右邊的那位男士，並請他發表感言，他就說：「我老婆說人多的地方不要去。」

看開點

老師剛才在課堂上講完友善的重要，下課後小華就問小賀：「如果身邊有鬥雞眼的人，要如何安慰他？鼓勵他？」

小賀說：「就跟他說『要看開點』不就好了嗎？」

性格測試

有一棵椰子樹長得非常高，四隻動物：金剛、人猿、猩猩、猴子剛好經過，牠們比賽爬上去採香蕉，你覺得誰會先採到？（請先選擇動物）馬上就可以知道你屬於哪種性格的人：

選猩猩：你的性格屬「笨蛋」

選人猿：你的性格屬「蠢蛋」

選猴子：你的性格屬「白痴」

選金剛：你的性格屬「傻瓜」

椰子樹上怎麼會長香蕉的呀！

野狼 125

有一位有錢少爺小賀，一天載著女友，開著心愛的保時捷疾駛在一條大路上。突然背後傳來了機車的引擎聲：一位老阿伯騎著一台不起眼的野狼 125 衝了上來。

老阿伯轉頭對小賀喊著：「喂～少年仔！有沒有騎過野狼 125 ？」

話剛說完之後，老阿伯就一陣煙地衝過了小賀。

小賀心想「可惡！竟然敢嗆我……」，小賀催盡馬力又超過了那位老阿伯。

過不了多久，老阿伯騎著那台野狼 125 又衝了上來。

老阿伯轉頭對小賀說：「喂～少年仔！有沒有騎過野狼 125 啊？」一說完老阿伯又一陣煙地衝過了小賀。

小賀有女友在身邊，怎麼敢示弱呢？所以馬上又追了回去。

過不了多久，老阿伯又騎著那台野狼 125 衝了上來。就在快要超越小賀的時候，老阿伯突然摔倒了，車子滑行了數百公尺，老阿伯也倒在地上不知道怎麼樣了。

小賀趕緊下車來看看老阿伯，將他扶起來後，老阿伯掙扎地說：「喂～少年仔！有沒有騎過野狼125……知不知道剎車怎麼剎？」

為什麼

兒子讀小學三年級，有一天又因數學屢教不會，被他個性急躁的媽媽痛罵。

爸爸在書房聽到兒子被罵得很慘，心想等一下兒子被罵完出來後要安慰他一下，

免得在他小心靈裡留下了難堪的陰影。

兒子被罵完，垮著一張臉走出房間，為了先知道他被痛罵後心裡的感受，爸爸問兒子:「被媽媽罵，你有什麼感覺？」

只見兒子用哀怨的眼神看著爸說:「你為什麼要娶她？」

爸爸也用哀怨的眼神看著兒子回答說：「還不是因為你！」

老鼠的啟示

一隻母老鼠帶著幾隻小老鼠在草地裡漫步，突然來了一隻貓。

小老鼠嚇的全都躲了起來，只有母老鼠沉著冷靜，沒有躲開。遠看貓越走越近，小老鼠們非常害怕，就在這時，母老鼠「汪、汪」一聲，貓不知其中有詐，調頭跑了。

等貓跑遠了，小老鼠一個個膽顫心驚地走出來，望著牠們的媽媽。

等所有的小老鼠都到齊了，母老鼠才語重心長地說：「孩子們，現在知道學外語的重要性了嗎？」

五香乖乖

小賀的媽媽要他雜貨店買五香乖乖回來祭祖，結果小賀去了很久都還沒回來。

媽媽決定自己去看看到底是怎麼回事，然後看到小賀就

站在雜貨店的門口傻傻地等。

媽媽不高興的問他：「我要你買五香乖乖，你在搞什麼呀？」

小賀一臉無辜的說：「老闆說他只有三箱乖乖，所以要我在這裡等，他去別地方調貨！」

傳教

傳教士到附近社區作家庭訪問兼傳教，他按了門鈴，有一個女士出來開門了，

她一見是傳教士，便說：「我信佛。」

傳教士也開口了，他說：「佛太太，妳好，我可以進去坐嗎？」

插隊

一位婦人匆匆走進肉店，毫不客氣地喊道：「喂！老闆，給我一百元給狗吃的牛肉。」

然後，她轉身向另一名等待的婦人說：「妳不會介意我插個隊吧？」

那婦人冷冷的回答：「當然不會，既然妳那麼餓了，讓妳先買也沒關係。」

關節炎

某天有一個聞起來像酒桶的醉漢上了一班公車。

他坐在一個神父隔壁，那個醉漢的櫬衫很髒，他的臉上有女人的亮紅唇印，口袋裡還放了空酒瓶，他拿出他的報紙閱讀，過了一會，他問神父說：

「神父，得關節炎的原因是什麼？」

「這位先生，它是因為浪費生命、和妓女鬼混、酗酒和

不自重所引起的。」神父說。

「噢！是這樣子喔！」醉漢喃喃自語的，然後繼續閱讀報紙。

神父動動腦想了一下，又向醉漢道歉說：「對不起，我剛剛不應該這麼直接的，你患關節炎多久了？」

「不是我，神父，我只是看到報紙上寫說你們的教皇得了關節炎。」

針鋒相對

一名統計學家遇到一位數學家，統計學家調侃數學家說：「你們不是說X＝Y且Y＝Z則X＝Z嗎？那麼想必你若是喜歡一個女孩，那麼女孩喜歡的男生你也會喜歡囉？」

數學家想了一下反問道：「那你把左手放到一百度的滾燙熱水裡，右手放到一個零度的冰水裡，用理論來說也沒事吧？因為它們平均不過是五十度而已！」

對決

聯考過後，一次慶功宴上，兩位補習班的名嘴對上了。

甲師：「放眼補習界，您堪稱是『冥師中的冥師』！」

乙師：「那裡，您才是『亡牌中的亡牌』！」

甲師：「聽說，您一向是因『財』施教啊！」

乙師：「承讓，您不也是『毀』人不倦嗎！」

醫學院口試

醫學院某班進行口試，教授問一個學生問題，題目是某種藥每次口服量是多少？

學生回答：「五公克」

一分鐘後，他發現自己答錯了，應該是五毫克，便急忙站起來說：「教授，允許我改正嗎？」

教授看了一下錶，然後說：「不必了，由於服用過量的藥量，病人已經不幸在三十秒鐘以前去世了！」

人小鬼大

小學三年級班上有一個聰明伶俐的學生，但是要他靜下來聽課卻很費勁，

有天他對老師說：「我懂得東西夠多了，沒有必要繼續讀書了。」

老師：「噢，真的？你只讀到三年級，打算做什麼？」

學生：「教二年級。」

求婚

八歲的小英很可愛，常常有班上小男生求婚。

有一天，小英回家後跟媽媽說：「媽咪！今天小賀跟我求婚要我嫁給他……」

媽媽漫不經心的說：「那他有固定的工作嗎？」

小芳想了想說：「有，他是我們班上負責擦黑板的。」

開玩笑

有一天，小賀頂著高學歷的去應徵工作。

老闆：「你希望有什麼待遇呀？」

小賀：「我希望薪資五萬，一年有一個月的時間公司用公費讓我出國遊玩，而且公司要用公費讓我租房屋。

老闆：「我給你薪資八萬，一年三個月的時間出國遊玩，公司還送你一棟房子。

小賀：「那麼好，你該不會是在跟我開玩笑的吧？」

老闆：「是你先跟我開玩笑的啊！」

畢業贈言

畢業典禮上，大家都為了即將離別的同學而傷心難過，這時班上一位留級生，在畢業紀念冊上寫著：「各位同學，我還有事！你們先走，珍重再見。」

星星之火可以燎原

從前有一隻愛爬樹的猿猴，牠喜歡在很高的樹上盪來盪去，尤其是一顆長在懸崖邊的高高香蕉樹，牠更是喜歡去那邊摘香蕉，牠每次摘完香蕉，都會去找牠的好朋友猩猩一起吃，因為猩猩牠太大隻不適合爬樹。

可是有一天猿猴在摘香蕉時不小心從很高的樹上掉下來，從此得了懼高症，猩猩好友為了鼓勵牠，決定為了猿猴去摘香蕉，希望猿猴吃了，可以找回爬樹的感覺。

可是猩猩不是很會爬樹，所以牠找了很多隻猩猩朋友，大夥一起合作高疊起來摘了香蕉，於是，猿猴在吃了猩猩大夥合作摘得的香蕉，就因此治療好了牠的懼高症，從此猩猩跟猿猴就過著幸福又快樂的日子了。

這個故事告訴了我們一個很重要的啟示，那就是——

「猩猩之夥，可以療猿！」

司機的建議

小賀對計程車司機抱怨：「搭你的車好無聊，都沒有音樂。」

司機說：「那我建議你搭垃圾車。」

下面遇到的都是好事

週日沒事，小賀爺爺帶著孫子洗澡，小孫子望著小賀爺爺說：「為什麼爺爺上面的頭髮白了，下面頭髮卻是黑的？」

小賀爺爺想了一下說：「上面遇到的都是傷腦筋的事情，而下面遇到的都是好事情呀！」

無底洞

一個中年人在酒吧喝悶酒，旁邊的人問他有什麼不痛

快。

「我真慘！我老婆拐了我所有的財產跑了！」

「老兄！你這還算幸運的，我老婆拿走了我所有的財產還不肯走。」

自由日

一對夫妻在他們結婚五十週年的慶祝會上，妻子發現到，她的丈夫眼眶中充滿著淚水，表情激動，妻子不禁感到十分感動，於是她便對她的丈夫說了：「老公，你真是個情深意重，我好感動……」

丈夫這時候開口了：「親愛的，妳還記不記得五十年前的那晚，我們在妳家的車庫中被妳老爸抓包的情景？」

妻子：「當然囉！這種事我一輩子都忘不了……」

丈夫又說：「當時妳老爸威脅我，如果我不跟妳結婚的話，就要告我，讓我去坐牢五十年……」

妻子：「嗯……的確如此。」

丈夫：「我在想，如果當初我去坐牢五十年的話……今天就是我恢復自由的日子了。」

不需費勁

路人：「請問一下醫院怎麼走？」

小賀：「很簡單，你現在閉著眼睛，走到馬路正中央，然後站在那裡別動……大約十分鐘之後你就會到醫院了。」

誰賺最多

某次經濟學教授上課時談到：「同學們，外勞對台灣的影響很大，你們猜那一國的外勞賺走最多錢？是泰勞、越勞、菲勞，還是……」

某生搶先回答：「麥當勞！」

三個願望

有一天某鬼島的總統不小心掉到水溝裡了，恰好有三個小孩經過。

鬼島的總統對他們說：「如果你們救我起來，我就給你們每人一個願望。」

第一個小孩說他要一輛腳踏車。

第二個小孩說他要一個棒球手套。

第三個小孩想了很久說他要一台輪椅。

鬼島的總統心裡就覺得很奇怪，手腳好好的，為什麼需要輪椅呢？於是就問第三個小孩說：「你為什麼要輪椅呢？」

第三個小孩就說：「如果我爸知道我救你起來，會把我的腿打斷！」

荷包蛋

有三個人到早餐店買早點。

第一個人跟老闆說：「老闆，我要一個荷包蛋，但是不要蛋黃。」

老闆照著需求煎了一個蛋。

第二個人也跟老闆說：「老闆，我要一個荷包蛋，但是不要蛋白。」

老闆也照做，但是已經有點不耐煩了。

輪到第三個人，老闆就不客氣地問他：「你呢？你的蛋不要什麼？」

第三個人有點膽怯地說：「我……我、我的荷包蛋不要蛋殼！」

限速

一位七十歲的阿嬤開著一部車，載著三個也是阿嬤級的老人，緩緩地開在省道上，交通警察把她攔下來說：「阿嬤呀！妳開這麼慢會影響交通的耶！」

開車的阿嬤說：「那個招牌不是寫二十嗎？」

交通警察說：「那是二十號省道啦！」

開車的阿嬤恍然大悟的說：「喔喔！原來那是幾號道路而不是限速喔！」

交通警察說：「對了！妳後面另外三個阿嬤的臉色怎麼這樣難看啊？」

開車的阿嬤回答：「我們剛剛從二四五號省道開過來啊！」

精神病患的對話

A：「怎麼樣？這本書寫得還不錯吧？」

B：「真是曠世鉅作。一點廢話都沒有，簡潔有力。不過有一個缺點，就是出場人物太多了！」

護士：「喂！你們兩個……快把電話薄放回去。」

結果不重要

台灣一家大公司的經理要聘請一位祕書，於是請一位心理學家出主考的題目：請問二加二等於幾。

第一個應徵的女子回答是四，第二個卻回答可能是二十二，第三個則回答既可能是四也可能是二十二。

於是心理學家對經理解釋測驗的結果，他說第一個女子很實際，但太保守；第二個容易幻想求高位；只有第三個最理想。

然後他問經理如何決定，那經理想了一想，才羞澀地回答：「我看還是穿緊身衣身材姣好的那位好了。」

箭靶神

古代一個武官出征，眼看就要敗下陣了，忽有神兵前來相助，因此得以轉敗為勝。武官因而跪下，叩頭謝恩，並請問姓名。

天神答道：「我是箭靶神。」

武官又道：「小將何德，怎敢勞動尊神相救？」

箭靶神道：「不瞞你說，我是感謝你平日在教練場上，從來沒有用過弓箭傷到我過。」

可以得到多少

一個男的幫他太太向保險公司買了保險。

簽約完後，男的問那個業務員：「如果我太太今天晚上死了，我可以得多少？」

業務員答道：「大概二十年的有期徒刑吧！」

冗長的會議

有一天，某個村落在開會，三個小時過去了。會還沒開完，這時一位中年婦女站起身來向門口走去。

村長：「小姐，妳要去哪裡？妳要知道這個會還沒有開完呢！」

中年婦女：「我家裡有孩子，他們要下課了，我要做飯去了！」

過了二十分鐘，又有一個年輕婦人站了起來。

村長：「妳要去哪裡呀，這位小姐，我記得妳家裡並沒有孩子呀？」

年輕婦人：「如果我一直坐在這裡開會，那麼，我家永遠也不會有孩子的。」

情侶吵架

一對情侶吵架。

女：「你每一樣東西都比不上任何人！」

男：「對，尤其是女朋友！」

動物的副產品

有一個餐廳裡，一位老先生叫住了服務生。

「服務生，你們這裡有什麼招牌菜？」

「先生，我們這裡最有名的就是燕窩了！」

「不了，我不吃動物吐出來的東西，太沒衛生了。」

「那客人您想吃什麼呢？」

「先給我來一份雞蛋吧。」

豬的要求

豬找上帝要求脫胎做人。

上帝看牠做豬那麼辛苦，就問：「不然給你下輩子當農夫好了？」

豬想了想回答：「不行，要種田，太苦！」

上帝又說：「不然當工人？」

豬馬上回答：「那不是要做工？太累人了！」

上帝：「不然給你當藝人？」

豬回答：「要像猴子一樣博取觀眾喜愛，這太難了！」

上帝很有耐心的問：「不然你想要怎麼樣的生活呢？」

豬回答：「要能吃，也能玩，還能嫖，而且工作輕鬆，月入數百萬。」

上帝驚訝的大叫：「那你就要做政治人物啊！」

請假

男職員向女主管請假。

男職員：「經理，我想請假去向我女友求婚。」

女主管（鄙視的眼神）：「難道你沒有聽說過婚姻是愛情的墳墓？」

男職員想一下便說：「那麼……就讓我請喪假吧。」

出張嘴

有一天，一對非常好的朋友，小賀和小華一起喝酒。

小華突然對小賀說：「哎……你老婆不是不讓你喝酒嗎？怎麼今天敢喝了呢？」

小賀答：「我在家就像是奔馳在沙漠中的老虎一樣。我會怕她？哈哈……」

不久，他老婆從外面買菜回來，剛聽到門鎖轉開的聲音後，小賀突然大叫：「快！武松回來了！幫我把桌子收拾一下！」

怎麼賺錢

昨日去洗車，熟識的洗車店老闆非常好奇地向小賀問到，你們銀行是怎麼賺錢的？

小賀立即回答，說是主要靠授信類業務，中間業務和資產類業務三大板塊實現的。

老闆一臉疑惑，要求他再簡單的解釋一下。

小賀想了想，說：「就是高利貸，亂收費和拉皮條。」

老闆聽後豁然開朗。

報復

小賀在金門當兵時，慘遭兵變，女朋友將要和別人結婚了，希望小賀能將她的照片寄還給她。

小賀悲痛之際，向同袍們借了二、三十張女孩子的照片，連同女友的照片一起裝進紙盒裡，寄給移情別戀的女友。

他在信上註明著：

請挑出自己的照片，其餘的再寄還給我。

無從選擇

女：「你喜歡我天使的臉孔，還是魔鬼的身材？」

男：「我……我、我喜歡妳的幽默感！」

出過軌的男人

男子在酒吧裡喃喃自語道：「我是一個出過軌的男人。」

此言一出，一旁的女士們紛紛投來異樣的眼光。

男子長歎了一口氣，繼續說道：「別人都是身體出軌，但是我卻是讓火車出軌，真他媽的！」

潔癖

妹妹：「哥，你是我見過最愛乾淨的人」

小賀：「妹妹過獎了，妳是怎麼看出來的？」

妹妹：「不管什麼事，你都推得一乾二淨！」

實話實說

小英：「小賀，你看我這新燙的髮型，會不會讓我看起來很醜？」

小賀：「不會。」

小英：「真的一點都不會？」

小賀：「真的不會！因為妳的醜跟妳的髮型沒有關係。」

非常恩愛

週末夜晚，一對老夫婦緩慢地走進麥當勞，他們點了一份漢堡、一份薯條、一杯可樂，找了最角落的位置坐了下來。

這對老夫婦跟其他年輕男女顯得格格不入，四周的人不禁偷偷地望著他們，心想著：

「哇，他們少說也有八十歲了吧！」

「說不定結婚超過五十年了。」

「想想看，他們這輩子攜手經歷了多少風雨、悲歡離

合……。」

之後老先生將托盤裡的食物拿了出來，先是把漢堡細心地撕成兩等分，薯條一根一根仔細地拿了出來，也是分成兩等分，然後啜了一口可樂，遞給老婆婆，老婆婆也啜了一口。

就這樣，大家看著老阿公吃著他那半份漢堡和可樂，老阿嬤則是靜靜地看著他吃，並沒有動她自己那一半。如果老阿公喝一口可樂，老阿嬤便接著也喝一口。

一個年輕人看不下去了，走到他們旁邊，很有禮貌地表示願意為他們再買一份餐。

老阿公婉拒的說：「謝謝，年輕人不用啦！我們兩個夫妻要共同分享所有的東西。」

就這樣，老阿公繼續吃他的漢堡薯條，老阿嬤靜靜地看著他吃。

途中也只有看到老阿嬤與老阿公有共飲過一杯可樂，但是卻沒看過老阿嬤有吃過東西。

年輕人又走過去，請他們允許他再買一份餐給他們，這次輪到老阿嬤說：「謝謝你這位年輕人，不用了啦！我們會

共享所有的東西。」

可是大家看到，老阿嬤一口食物也沒動，只是看著老阿公吃，並交替地喝那杯可樂。

年輕人忍不住了，第三次走到他們的桌子邊，問老婆婆說：「阿婆，妳怎麼不吃呢？妳說你們會共享所有的東西，但是妳在等什麼呢？」

老阿嬤抬起頭，望著年輕人，緩緩地回答：「啊……我、我在等我老公嘴裡的假牙。」

祭墓風俗

外國人祭墓時，只是提供一束鮮花，而中國人卻擺上大魚大肉和水果等食物，而且還有許多餅乾零食等等……

外國人見到就嘲諷地問：「你們準備這麼多東西，墳墓裡的人什麼時候會出來吃呢？」

中國人不急不徐地回答：「等你們外國人從墳墓裡爬出來賞花時，我們中國人就會出來吃東西了……」

推銷失敗

一個失望透頂的可樂推銷商從沙烏地阿拉伯撤了回來。

他的朋友問他：「怎麼，你搞不定那邊的民眾啊？」

推銷商解釋說：「當我被派駐到阿拉伯之後，我對自己的宣傳文案非常有信心，可是我又不會說阿拉伯語，所以我就用三張連續的漫畫張貼來做廣告宣傳。

第一張：是一個男人倒在滾燙的沙漠裡，精疲力竭，氣息奄奄。

第二張：是一個男人在喝可口可樂。

第三張：這兄弟完全重生過來。

然後，我把這三張招貼畫貼滿了阿拉伯的大街小巷。

他朋友說：「很好啊！這些廣告招貼一定大顯神威了吧？」

推銷商沮喪地說：「顯個頭啊？沒人告訴我，這些傢伙看東西是從右邊往左讀的！」

一樣撞鬼

小賀抄近路穿越墳場，聽見敲擊聲有點怕，可是仍繼續走。

但是敲擊聲越來越大，他越來越害怕，忽然見到了一個人在鑿墓碑。

小賀終於放下心的對他說：「謝天謝地，你把我嚇壞了，你在做什麼啊？」

那人回答：「他們把我的名字刻錯了，所以我自己上來改。」

牛仔

一個牛仔騎馬去酒吧喝酒，出來時發現他的馬不見了。

他氣憤地回到酒吧，拔槍朝天花板開了一槍，大叫：「哪一個混蛋偷了我的馬？」

一片寂靜，沒有人回答。

沉默了一會，他吼道：「不要逼我！好！我就再喝幾杯，識相的話，就趁我喝完之前將我的馬回歸原位，否則我就要用我最不想用的那一招了！」

他說完，便坐下來繼續喝……

等到他離開時，他的馬真的奇蹟般的回來了，可是真的有人害怕他說的那一招。

酒保見狀，連忙叫道：「喂！你的那一個絕招是怎樣，說來聽聽吧！」

牛仔轉身回答：「啊不就是走路回家嘛！」

雞蛋與私房錢

有一個人向女友求婚，在答應他的求婚之前，女子告訴他說在床底下藏了一個鞋盒，並要他答應絕對不能去看盒子裡的東西。

男子表示他能夠理解，他也不喜歡有人去翻他的皮夾，也同意絕不會去偷看鞋盒裡的東西。五年過去了，他們一直

過著幸福的婚姻生活。有一天，先生獨自在家，他的好奇心戰勝了理智，於是他把鞋盒打開看到裡面放著三個蛋和五千元的現金，他覺得莫明奇妙。

當男子的妻子回家之後，他向她袒承自己偷看鞋盒的事，「現在妳可以告訴我這些東西代表什麼嗎？」男子問。

「可以……」他的妻子回答。「我每外遇一次，我就會在鞋盒裡放顆蛋。」男子聽了楞住，但後來他想了一想，五年中有三次外遇還不算太壞，他深吸了一口氣接受了這個事實。

「那五千元又代表什麼呢？」男子又問。

「每次累積到一打，我就會拿去賣錢……」

多一點

學校剛公布段考成績，媽媽就問小賀：「聽說隔壁家的小華數學考 99 分，你考幾分？」

小賀一臉得意說：「嘿！我比她多一點！」

媽媽很高興：「那你考一百分囉？」

小賀：「錯！是9.9分！」

高興太早

有位爸爸多年以來發現小孩子都只記得母親節，卻忘了父親節，所以爸爸都挺失落的。

而今年八月八日，這位爸爸坐在餐桌旁和家人用餐，

突然間，兒子就往冰箱走去，當他打開冰箱蹲下取物時，突然若無其事的說：「爸！你知道今天是幾月幾日嗎？」

老爸心中暗自竊喜，想著這個兒子可能要給他一個驚喜，因而高興地回答：「今天是八月八日。」

兒子有點失望的說：「哇……牛奶過期了！」

男女問題集錦

問：為何女人很難找到敏感，體貼，又好看的男人？

答：因為那樣的男人都有男朋友了。

問：男人整理衣物時如何分類？

答：「骯髒」和「骯髒但還可以穿」！

問：新婚丈夫和新養的狗有何差別？

答：一年之後狗看到妳還是一樣興奮，丈夫不會。

問：是什麼讓男人去追求自己並不想娶回家的女人？

答：是什麼讓狗去追自己不想開的汽車，同樣道理。

問：為何新娘穿白色的婚紗？

答：洗碗機的顏色最好和爐子和冰箱相稱。

問：女人和電池有何不同？

答：電池一定有正面（正電）的一邊。

問：男人為何喜歡沖澡勝過泡澡？

答：因為泡澡時尿尿太噁心。

問：恐怖份子和女人有何不同？

答：恐怖份子可以談條件，女人不行。

絕種的原因

話說諾亞方舟漂流在大洪水中，由於所有動物都在船上，方舟不堪負荷。因此必須犧牲一些動物，諾亞於是決定，除了牛、羊、豬、雞、鴨、鵝等家畜家禽留下外，要求其他動物抽籤講笑話，如果笑話不能令那些家畜家禽全部笑的話，就會被丟入大洪水中。

恐龍抽到一號，雖然腦筋不好，牠仍費盡心思背了一段從椰子林看到的超級好笑的笑話。講完後，牛羊雞鴨鵝都笑

得很大聲，唯有豬連微笑都沒有，於是恐龍就被丟入大洪水中，從此絕種了。

麒麟抽到二號，牠素以動物界笑話王聞名，牠信心滿滿地走上來，唱作俱佳地講了一段笑話，所有動物都笑得前俯後仰，涕泗縱橫，可是仍然有有豬不為所動，按規定只好把麒麟也丟入大洪水中，麒麟從此也絕種了。

在所有動物議論紛紛中，輪到抽到三號害羞的駝鳥慢慢走上臺。

牠緊張害怕地說不出話來，在扭捏中，所有動物皆屏息以待，卻見豬突然大笑起來，動物們覺得很莫名其妙的說：「駝鳥都還沒講，你笑什麼啊？」

只聽見豬慢條斯理地說：「恐龍的笑話好好笑哦！」

教授的幽默

在某大學上課，教授都喜歡點名，該校有個幽默的教授，上課時他開始點名，因為翹課實在太多了，每次上課只

有前面三排有人，其他都空著。

「李自強。」

「有！」

「趙子龍。」

「有！」

即使沒有到的，也會有同學幫忙喊有，忽然間，教授點到王小賀的時候……

「王小賀……王小賀……」

教授叫了好幾次都沒人喊有，於是教授就說：「奇怪耶！這個人是不是沒有朋友啊？」

誤會

一位年輕人第一次到市區，準備到台灣大學附近找朋友，但是繞了一陣子竟然迷路了。

幸好遇見一位文質彬彬、抱著幾本厚書的名教授，便停下來向他請教：「先生，我要怎樣才能到台灣大學去呢？」

名教授思索了一會，很語重心長地說道：「讀書，不斷的努力讀書，我相信你就一定可以進去台灣大學的。」

語言

某日上課時，某教授完全以英文講解，學生不大聽得懂，請求他加中文說明。

教授站在訓練學生聽力的觀點上說道：「不要害怕聽不懂，學語言就是要多聽。你們每天聽我說英文，久了自然就聽得懂的。」

這時有一位也很天才的學生忽然回答：「咦？可是我每天聽小狗叫，也不知道牠在說些什麼？」

教授：「……」

說謊的下場

大學有堂微積分課程。而那位老師有個癖好，就是喜歡提問，提問之前必先高聲重復一遍問題。

有一次正在上課，突然老師提高聲音開始提問，所有同學都恐懼地盯著老師，惟恐被喊到，因為老師都是以提問來代替點名，而且是看著點名冊提問的，所以大家都不必低下頭。

「二十五號！」老師點道。

一片沉默（小賀正在發呆神遊中……）

「二十五號王小賀！來了沒有？」老師重覆喊道，頓時整個教室的人都看著小賀。

「沒來！」小賀大聲喊叫。

全班人都愣了！不過很快又開始佩服小賀的勇氣了。

「怎麼沒來？」老師又問。

「他生病了！」小賀無奈，只得撒謊，全班一陣哄堂大笑。

「你跟他一樣住宿舍的嗎？」對於莫名其妙的大笑，老

師也被搞糊塗了。

「是的。」面對老師的盤問，小賀臉都綠了。

「太不像話了，回去告訴他，要他下午到辦公室來找我！」

全班同學又是一場大笑。

「啊？好。」小賀頭皮都開始發麻了，想著下午找誰替我去挨罵呢？就小華吧！唉，又得請那小子吃一頓飯了。

小賀正在為逃過一個問題而慶幸時，老師又說：「那這個問題你替他回答吧？」

「啊？」小賀極不情願地站起來，鬱悶之情可想而知，教室裡已經有人笑痛肚子了。

「老師，能不能重覆一下您問的問題？」

「這個問題老師已經重覆講了三遍了！你是怎麼上課的？」

「不好意思，我沒聽清楚……」小賀的額頭上已經出現汗珠了。

「那好我再重覆一遍……」老師說完後，小賀沉默了一

陣子。

「報告老師，這個問題我不會回答。」小賀想了想，反正橫豎都是死，何必死得那麼窩囊呢？於是理直氣壯起來回答。

「很好，下午兩點和小賀一起到我辦公室來！」所有同學都笑到流淚。

有種

老師：「小賀，站起來回答這個問題。」

小賀：「老師，我不會。」

老師：「你自己說，不會該怎麼辦？」

小賀：「坐下。」

推論

傷心：下班回家發現衣櫃裡有一個男人。

上當：老婆說他是來參觀衣櫃的，信以為真。

愚蠢：熱情地款待這位男士，與他一起喝茶聊天，臨走還叮囑他以後常來玩。

醒悟：待他走後，突然想起，該男子這個月已經來參觀了五次衣櫃。

狂怒：走的時候，他還向我借了五百塊錢。

慶幸：該男子身高馬大，要是剛才動手的話凶多吉少，還好！

安慰：先是詛咒他怎麼沒在衣櫃裡悶死，然後對著空氣一陣拳打腳踢，以洩心中怒火。

倒霉：「痛毆」他的時候閃了腰。

幸運：在衣櫃中撿得該男子遺留的襪子一隻，是我喜歡的顏色。

可惜：另一隻怎麼都找不到。

報復：在衣櫃中噴了大量的殺蟲劑。

失誤：自己卻不小心吸入了殺蟲劑，昏迷了兩天，還被公司扣獎金。

收穫：下班回家時，發現房門緊鎖，敲門半天沒人開門。

獵物：進門後，直衝衣櫃，發現有東西。

意外：櫃子裡躺著另一個男人，是我們公司的經理。

對話：原來經理是到我們家視察生活情況的！但是他說什麼都好，就是這衣櫃太小，太悶了，可以考慮公司撥款換大一點的。

失望：經理走後，在衣櫃搜索了半天，確定這傢伙什麼都沒留下，這個吝嗇鬼。

機會：有天經理要開會，經理夫人約我去她家看電影純聊天。

失算：但是經理提前回來。

無奈：經理家的衣櫃看來也要光顧一下了。

巧遇：在經理家的衣櫃中，見到兩名同事。

共識：我們一致認為經理家的衣櫃真好，又大又寬敞，空氣也不錯，再藏幾個人也沒問題。

佩服：經理打開衣櫃見到我們，只是輕描淡寫的說了一句話「怎麼，今天就三個人，只夠開一桌。」

明白：終於知道，為什麼人家是經理，而我們卻只是小職員，看看人家的度量。

激將法

期中考前。

學生：「老師，這題會不會考？」

老師：「我怎麼知道？」

學生：「這麼沒水準的題目，我想一定不會考的！」

老師：「誰說的！我敢說期中考的填充就有這麼一題！」

有理

老師要學生造一個有「糖」字的句子。

小賀造句說：「我正在喝奶茶」

老師生氣的說：「那『糖』在哪裡？」

小賀：「在奶茶裡！」

葵花寶典

終於得到了《葵花寶典》了。他翻開第一頁，書上寫：「要練此功揮刀自宮。」他想來想去，最後終於割了。

三天後，他想到下個階段，就翻開第二頁：「若不自宮亦可成功。」他狂吼，生不如死。擦去眼淚繼續練功。

又過了幾天翻開第三頁：「即使自宮，未必成功。」他快要崩潰，但是想到既然做了，就看下去吧。

翻開第四頁：「若已自宮者，歡迎入宮，皇宮急需太監數名……」

名次會說話

小賀是一個剛進小學讀書的新生。

第一次期中考的成績單發下來後，小賀的爸爸對他說：「兒子，希望以後不要每次看到你的名次，就知道你們班上有幾個人好嗎？」

理由

老師：「為何你們都考這麼爛？」

小丸子：「眼鏡度數不夠 ...」

小葉子：「我脖子扭傷。」

小貴子：「前面同學個子太高。」

小賀：「隔壁同學用鉛筆，我看不清楚……」

上學和放學

有一天，在幼稚園裡，老師問小賀：「你喜歡上學嗎？」

小賀：「很喜歡！」

老師又問：「那你喜歡放學嗎？」

小賀回答：「也很喜歡！」

老師又問了小賀：「那上學和放學你喜歡什麼？」

小賀低頭想了一下，最後他回答：「我很喜歡上學也很喜歡放學，但是就是不喜歡中間那一段時間！」

老師：「@＃＄％＆＊」

數學題

在一堂數學課上，老師問同學們：「誰能出一道關於時間的問題？」

話音剛落，有一個學生舉手站起來問：「老師，什麼時候放學？」

喝茫的下場

小賀與小明是同公司的同事，兩個有共同特點，都愛喝酒。有天下班後，兩個便來到一家餐館，點了酒菜喝起來，酒過三巡，菜過五味，兩人喝的有點不太清醒狀態下，小明問小賀：「大哥你平時喝多了，嫂子會讓你進家裡嗎？」

小賀馬上藉酒壯膽的說：「唉！我敲門同時，把衣服脫個精光，門一開，把衣服往房子裡面扔，她總不能讓我光的身子在外面吧。」

小明一聽就放心了。之後，兩人分別回家了。

第二天上班，小明碰見小賀就問了昨天回家，嫂子真的讓你進房間了的事情，小賀臉紅不好意思說，在小明的追問下，小賀才緩緩道來：「昨天回去，隱隱約約感覺到家，還沒敲門，門就自動開了，我趕緊把衣服脫個精光，剛扔進去，門自動又關上了，還聽見附近傳出聲音……『下一站，國父紀念館……』。」

解答

老師：「如果你的褲子的一個口袋裡有二十元，而另一個口袋裡有五百元，這說明什麼？」

學生：「這說明著，我穿的不是自己的褲子，是別人的！」

氣死老師

有一位哲學系的老師在期中考時只考了一題申論題：「什麼是勇氣？」

就當大家拼了命在想怎麼寫時，小賀同學交卷了，只有五個字：「這就是勇氣！」

到了期末考，老師依然是只考一題：「這就是題目，請作答。」

大家依然不會寫。又只有那個學生很快交卷了：「這就是答案，請給分！」

老師氣不過，大叫：「小賀！你給我過來，我有兩道題目問你，你若答出第一題，就可以不必回答第二題！」

老師：「你的頭髮有幾根？」

小賀：「一億兩千萬三千六百零一根。」

老師：「你怎麼知道？」

小賀：「這一題不用回答。」

說謊不打草稿

有個珠寶商人驚慌失措地衝進警察局報案，對著警官說：「剛才，有一輛集、集、集裝箱車開到我的店門前，箱門打開，從裡面跑、跑、跑出來一頭大象。那畜牲頂、頂破了櫥窗的玻璃，伸出長鼻子，把珠、珠、珠寶全捲跑，然後又鑽到集裝箱裡，那車就開、開、開走了！」

做風嚴謹的警官問道：「竟然有這種事？你看清楚匪徒的樣貌了嗎？那是一頭非洲象還是亞洲象？」

珠寶商：「牠們有什麼區別？」

「亞洲象的耳朵小一點，非洲象的耳朵大一點。」警官解釋說。

「我的天，你以前沒有辦過搶劫案嗎？」珠寶商喊起來，「牠的頭上套著絲襪呢！」

殺豬的

小賀是一位勤奮好學的學生，他利用寒暑假兼職賺取學費。白天幫肉販割肉，晚上則到醫院工作。

某晚，有位老婦因急診要施行手術，由小賀用滾輪式病床推她進手術室。老婦看了他一眼，突然驚惶失色的大喊：「天啊！你是那個菜市場殺豬的，你想要把我推到哪裡？」

高明的造句

課堂上，老師讓大家用「發現」、「發明」、「發展」

造句。

一位同學站起來說：「我爸爸發現了我媽媽，我爸爸和我媽媽發明了我，我漸漸發展長大了。」

連鎖反應

老總打電話給祕書：「這幾天我陪妳去南部玩玩，妳準備一下。」

祕書打電話給老公：「這幾天我要和老總去高雄總公司開會。」

老公打電話給情人：「這幾天我老婆不在家，過來陪我。」

情人打電話給輔導學生：「這幾天老師有事，暫時停課一下。」

輔導學生打電話給爺爺：「這幾天不上課，爺爺你陪我玩。」

爺爺打給祕書：「南部去不了了，我的孫子要我陪他。」

祕書打電話給老公：「老總突然有事，不去高雄開會了。」

老公打電話給情人：「我老婆不走了，下次再說吧！」

情人打電話給輔導學生：「老師覺得上課重要，所以這幾天照常上課！」

學生打電話給爺爺：「老師說這幾天照常上課，所以爺爺就不用來了。」

結論：臭小鬼害大家都沒得玩了！

厲害的老師

話說每到了期中期末考，學生們為了學分無所不用其極，而老師們為了防弊，其技術也是日新月新。

有天老師說要進行小考，只考二十題選擇題，班上同學馬上相約要互相照應。

就在同學互相抄寫完後，老師竟在收卷時要同學把考卷依照 A、B、C、D 卷分類疊好，同學們都大呼上當了！

後來，期末考到了，大家就學聰明了，一拿到考卷就先檢查右上角有沒有標示著ABCD，發現沒有後，許多同學又開始「左顧右盼」。

後來到了要交卷的時老師在講台上宣布：「考卷是用細明體印的交到左邊第一排，考卷是用行書體印的交到左邊第二排，考卷是用楷書體印的交到右邊第一排，考卷是用細黑體印的交到右邊第二排！」

「@＃＄％＆＊」台下的同學們倒成一團。

因禍得福

有一架飛機，上面載著一位總經理、一個年老的博士、一個年輕的博士和一個小學生，外加一個駕駛員，總共五個人。

但是，這架飛機中途墜機了卻只有四個降落傘，駕駛員先搶了一個降落傘跳下去。

總經理說：「我還有好幾家大公司要管理，我不能死！」

年輕的博士說：「我還年輕，我不想死！」

他們兩個也各自搶了一個降落傘跳下去。

年老的博士跟那個小朋友說：「我老了，再活也沒多久，那個降落傘就給你好了。」這時候小朋友微笑的對他說：「不用了，我們兩個人都有降落傘。因為剛才不知道是誰背著我的書包跳下去了。」

蜜月旅行

小孩問媽媽說：「什麼叫蜜月旅行？」

媽媽說：「就是男女剛結婚的時一起去度假。」

小孩又問：「那你和爸爸去的時候有帶我去嗎？我怎麼沒印象？」

媽媽說：「有啊，去的時候跟爸爸一起，回來的時候跟媽媽在一起……」

偷看日記

某日，小賀向媽媽告狀

小賀：「媽！姊姊偷看我的日記啦。」

媽媽：「你怎麼知道？」

小賀：「她日記上寫的！」

算數

課堂中，老師說：「如果我分別給你一隻、兩隻、三隻狗，那你共有幾隻狗？」

學生說：「七隻！」

老師疑惑的又問了一遍：「如果我分別給你一隻、兩隻、三隻狗，那你共有幾隻狗？」

學生仍說：「七隻！」

老師不肯放棄，決定用另一種方式問：「如果我分別給你一瓶、兩瓶酒、三瓶酒，那你共有幾瓶酒？」

學生說：「六瓶！」

老師說：「太好了！同理可證。我分別給你一隻、兩隻、三隻，那你共有幾隻狗？」

學生說：「七隻！」

老師實在受不了：「你是豬啊！你怎麼算出七隻的！」

學生慢慢地回答說：「我家已經養了一隻狗，你給我六隻，那我家不就有七隻了嗎？」

站在哪一邊

小賀的媽媽口沫橫飛地對著鄰居數落自己先生的不是，正巧她可愛的兒子小賀放學回來。

母親心想小賀跟自己最親近了，因此就問他：「如果爸爸媽媽吵架了，你會站在哪一邊？」

小賀想了想說：「站旁邊！」

講求證據

有兩隻蚊子，一隻喝飽了血一隻空著肚子，妻子要當法官的丈夫去打蚊子，法官一下子就把喝飽血的蚊子拍死了，但是對另一隻卻遲遲不動手。

妻子感到疑惑，就問為什麼？

結果那位法官老公輕輕地說：「因為證據還不足……」

自以為是

在班上，小賀和小美在說話，忽然小賀一本正經的說：「小美，我有一件重要的事想跟妳說……」

小美一聽，很得意的撥撥頭髮說：「幹嘛？」

小賀就忍住不笑的說：

「妳的鼻屎黏在嘴角好久了……」

法官與證人

法官：「證人，在法庭上作供時，只要說出自己親眼看見的就可以了，不要說聽別人講的，懂嗎？」

證人：「是，我懂了。」

法官拿出資料審核了一會，準備開始應訊。

法官：「好，那麼，首先說出你的出生地和出生日期。」

證人：「法官，我無法回答，因為這些全都是聽我媽說的。」

有媽媽的味道

晚飯後，林小姐全家人在客廳裡看電視，正要吃水果的時候，向來端莊的林小姐忽然放了一聲響屁，由於她剛認識的男朋友也在座，林小姐的臉頓時紅了起來，一時氣氛頗為尷尬，這時林小姐的妹妹忽然冒出一句：「嗯！有媽媽的味道。」

完了

在一家女裝店裡，一位年輕的先生枯坐著等待他太太衣服。

十五分鐘過去，他太太總共試穿了五套衣服，當他太太再度由更衣室出來時，他上下打量了太太一番後，說道：「很好，很好，這件衣服很合身，就買這件吧！」只見太太一臉不悅的說：「親愛的，我們今天出門時，我穿的就是這件耶！」

不盡責的演員

飯店失火，正巧有一名知名的女演員住在飯店裡。

「快跳呀！」消防隊員喊道：「我們會用緩衝墊接住妳的！！」

「不！」女演員大叫：「去跟導演說，我需要一名替身！」

髒話

今天大家去拜拜的時候，廟裡有掛很多花燈，是各種奇形怪狀的小羊造型。

然後，有個媽媽牽著一個小孩，去看花燈。當他們走到一個做的很醜的羊下面時，小孩看著花燈，然後，說了一句：「媽的咧！」

我們一群人驚訝不已，心想著：「唉，現在的小孩居然這麼小就會罵髒話了，真是糟糕啊！」

沒想到，他媽媽說：「馬的收起來囉，今年是小羊唷。」

軍人外遇的藉口

某軍人有了外遇，他老婆告到他的單位，單位長官拉著她手語重心長的說：「只要步槍還在他手裡，浪費點子彈算什麼？何況打的都是妳的敵人啊！」

房子大小

女兒：「爸爸，為什麼人家的屋子那麼大，我們的屋子卻那麼小……」

爸爸：「因為爸爸沒錢嘛！」

女兒：「那怎樣才能賺多多的錢？」

爸爸：「妳要現在要用功讀書，長大以後才會找到好工作，賺多多的錢呀！」

女兒：「那你為什麼小時候不好好讀書？」

爸爸：「……」

放屁

有一次，我在看電視，爸爸從小賀身邊走過，「噗——」的一聲，小賀很生氣。

爸爸：「屁是人的真氣，有緣的人才聞的到。」

小賀：「……」

為什麼不是換你媽

男子想跟妻子離婚娶小三，但又害怕傷害到五歲的女兒。

於是哄著女兒說：「媽媽老了，不漂亮了，給妳換一個漂亮年輕的媽媽好不好？」

女兒想了想，說：「才不要呢！你媽那麼老，為什麼不是換你媽！」

考試題目我看完了

有一天，爸爸問小賀說「你明天不是考試？書看完了嗎？」

小賀說：「明天的考試我看完了！」

爸爸說：「小賀真聽話。」

隔天小賀考了鴨蛋，爸爸很生氣的問為什麼有看書還是考零分。

小賀無辜的眼神說：「我誠實的說的呀，我說『明天的考試我看，完了！』……」

兩小無猜

有一天小學學生下課的時候，小賀拉著班上的班花到一個學校非常隱密的角落，小賀突然把班花壓在牆上，讓她不知所措。結果，那美麗的臉龐，因為小賀嘴不斷的向班花逼近，越來越近……越來越近，近到連鼻尖都快要碰到她了，結果小賀突然冒出一句：「妳向我借的十元，現在可以還我了吧？」

打架

學期結束後，兒子把成績單交給父親，父親看了勃然大怒，往兒子臉上就是一巴掌，罵道：「你在學校裡為什麼一

天到晚打架？」

兒子委屈地說：「我沒有啊！」

父親聽了，又是一巴掌：「你還嘴硬！成績單上導師的評語明明寫著『經常和同學打成一片』，難道老師冤枉你嗎？」

睡不好

某日上課，老師很生氣地對小賀說：「為什麼上課在打瞌睡？」

小賀很無辜地摸摸頭說：「人家上一節沒睡好嘛！」

1 加 1 等於多少

老師問小賀:「一加一等於多少？」

小賀說：「不知道。」

老師說:「回家問爸爸媽媽。」

小賀回到家就問爸爸：「爸爸，一加一等於多少？」

爸爸正在看電視，隨口說著：「美國總統歐巴馬。」

小賀問媽媽：「媽媽，一加一等於多少？」

媽媽說：「你白痴阿！連這種題目都不會！別吵我，我要炒菜！」

弟弟正在玩線上遊戲。

小賀問弟弟：「弟弟，一加一等於多少？」

弟弟專心的對著電玩裡的角色說：「納命來吧！」

姊姊在跟同學約明天要去哪裡。

小賀說：「姊姊，一加一等於多少？」

姊姊只聽到同學說去麥當勞，便高興的說：「噢！那是我最喜歡去的地方。」

(隔天早上)

老師問小賀:「小賀，應該知道一加一等於多少了吧？」

小賀說：「美國總統歐巴馬。」

老師很有耐心的再問一次:「你剛說一加一等於多少？」

小賀說：「你白痴啊！這種題目你都不會。」

老師要拿棍子打他。

小賀說：「納命來吧！」

老師生氣要帶小賀去訓導處罰站。

小賀說：「噢！那是我最喜歡去的地方。」

早餐

有一天，一個教授一大早要上解剖課……

教授：「同學們，我們來解剖青蛙！」

同學們興奮的大叫：「好！」

但教授的袋子一打開，只見到一個三明治滾了出來，沒看到半隻青蛙，只見教授喃喃自語的說：「奇怪！我記得我已經吃過早餐了啊？」

可怕的空姐

某日，小賀搭某航空公司飛機從桃園飛往日本，剛好小賀的姊姊是在這班飛機上當空姐。姐姐在家裡曾向小賀交代：「上飛機不要吵到別人，也不要亂要東西給我的同事增加麻煩。」

小賀在座位上安份守己乖乖的坐著，但姐姐的同事卻認出了小賀，特別拿了罐可樂給他喝，姐姐不久之後過來巡查時看到了，順手就拿起手上的雜誌書捲起來，往妹妹頭上就是猛力一敲，說：「就叫妳不要麻煩別人了，妳還講不聽！」

之後，這班飛機的後艙在整個旅程都安安靜靜，因為目睹這一切的旅客，沒人敢跟空姐點飲料或是要雜誌了……

票價

小賀：「大姐姐，一張鋼鐵人三的電影票多少錢？」

售票員：「兩百元。」

小賀摸摸口袋，眼睛一亮的說：「我只有一百塊，能讓我進去嗎？我保證只用一隻眼睛看就好了。」

喜訊

「喂，請找小賀經理。」

「喔，對不起我必須告訴你小賀經理因為上個星期車禍去世了。」女祕書說。

「啊！怎麼會……」對方一聽，感到非常驚訝地掛斷電話。

不久女祕書的電話又響起：「請問小賀經理在嗎？」

「咦？剛剛不是告訴過你，小賀經理已經去世了嗎？」女祕書一下就認出來是剛才那個男人的聲音，只能再次說明著。

「噢！對喔……」對方又把電話掛了。

過了十分鐘，女祕書電話又再度響起：「請問小賀經理在嗎？」同一個男人又問了這件事。

女祕書被這個男人氣瘋了，大吼著：「我不是告訴你兩次了，小賀經理已經去世了！請你不要再打電話來了好嗎？大家都很難過了！」

「好啦……我只是聽妳說小賀經理去世的消息，心裡很高興想多聽幾次罷了。」

蒼蠅

有個人在快餐店裡面吃飯，卻突然在他的咖啡裡發現一隻蒼蠅。

他氣急敗壞的把服務生叫來，說道：「你看看這是什麼東西？」

服務生看了看，用一副不屑的眼光說：「不過是一隻蒼蠅嘛，不用擔心啦！牠喝不了你多少咖啡的啦！」

下一次

小賀每次參加親朋好友的喜宴都會帶自己的小兒子一起去，而他小兒子有個習慣就是好玩的地方、好吃的東西，都要求下一次一定要再帶他去。

有一天晚上，二人吃完喜酒準備離去，小賀的兒子在經過新娘旁邊時，大聲的對著他說：「爸爸，這個新娘雖然不好看，但是他們的螃蟹好好吃喔！這個阿姨下一次結婚時候，你還要再帶我來喔！」

另類的批評

客人：「我在想剛剛吃的這頓飯，如果早一星期來這裡就好了！」

老闆：「先生，實在太謝謝你的捧場了……」

客人：「是啊！這樣的話，這條魚一定會更美味……」

生小孩的地方

一漂亮女子穿迷你超短裙在公車上遇到一個流氓。

流氓說：「小姐，讓我看看妳的大腿就給妳五百元。」

漂亮女子說：「這樣吧，先給我一千元，等公共汽車到了站，我讓你看看我生過小孩的地方。」

流氓高興地不得了，就從皮包拿出一千元給她。等公共汽車到了站，她朝著路邊的醫院指著說：「你看，那就是我生過孩子的地方！」

流氓：「……」

分手高招

有天小賀接到同班學同小英的電話。

她哭泣的說：「嗚……小賀，你知道嗎？我的男朋友說要跟我玩個遊戲……」

「什麼遊戲啊？」

「我男朋友說是一個從現在開始誰都不要理誰的遊戲，誰先理誰就是認輸了。嗚……可是到現在已經有一年多沒講過話、見過面了，我想我們是不是還要繼續這種遊戲？」

小賀：「%$#& ！」

看帳單就知道

小明看到小賀獨自一人喝著悶酒，才想起小賀最近才剛跟女朋友分手，他走上前拍拍這位老朋友。

小明：「算了吧！你很快就會忘了她的！」

小賀：「不行，我絕不可能很快地忘了她……因為我買了許多東西給她，都是分期付款買的……」

不是這個意思

有一個小姐到鄉村去旅行時，看到一個小男孩滿身是汗

地拉著一頭牛。

小姐：「你要把牛牽到那裡去？」

男孩：「到隔壁村去和母牛配種。」

小姐：「難道這工作不能叫你父親做嗎？」

男孩：「不行！一定要公牛才行！」

解決措施

火車站長被一個新聞記者訪問著，站長說：「小姐，你們民眾抱怨我們對火車誤點沒有採取任何措施，這是抹滅我們努力的，難道你們沒有注意到我們在候車台上又增加了三張長椅了嗎？」

我要贏的那隻

有一次小賀在飯店裡用餐，女招待員送來一隻缺了腿的

龍蝦，他毫不掩飾地表示自己的不滿。

服務員解釋說，在蓄養池裡的龍蝦有時會互相咬鬥，吃敗仗的龍蝦往往會變成殘肢少腿的。

「那好，請把這隻端走。」小賀吩咐道：「把贏的那隻給我送來。」

禮貌語

老師問：「你約了心儀的女孩子吃晚餐，當你要上廁所時，該怎麼禮貌地說？」

小黑說：「我去撒個尿！」

老師：「這一點都不禮貌。」

小楊說：「我去上個廁所，等等回來。」

老師：「嗯，這個不錯，還有沒有更禮貌的說法？學期末加分！」

小賀說：「容我離開一下，我去跟一個好朋友見個面。如果可以的話，我更希望今天晚上有機會介紹他給你認識。」

老師：「……」

有修養的教訓

小賀是個很有修養的人，在餐桌邊坐了一陣子，最後終於看到服務生走過來關心他。

「您想吃點什麼？」服務生問。

「剛進來時我想吃早餐。」小賀笑著說：「現在，我想大概該吃午餐了。」

換誰吃藥

一位獸醫有事要外出，出門前交代他的助手，要記得餵診所內一匹受傷的馬服藥，他說：「你只要拿根管子放入馬的嘴巴，再將藥丸放入管內，然後對著管子吹氣就可以了。」

說完便放心的離開。不久獸醫回來竟然發現助手病奄奄

得躺在地上。

醫師問：「發生了什麼事？」

助手回答說：「我沒料想到那馬肺活量比我還強……所以就……」

年紀、學問、笑話

一個秀才，在六十歲那年，忽然生了一個兒子，因為這麼大的年紀才生的，就取名為「年紀」。第二年又生了一個兒子，看相貌似乎比較聰明，像個讀書的樣子，便取名「學問」。

誰知第三年又生下一個兒子，秀才摸摸鬍子笑道：「沒想到這麼大年紀還一連生了三個兒子，真是笑話啊！」於是給小兒子取名為「笑話」。

三個兒子長大了。有一天上山砍柴，秀才問哪一個兒子砍的柴多。他的妻子說：「年紀一大把，學問一點也沒有，笑話倒有一堆。」

狗才會愛你

有一位男友和女友約會遲到了，女友很生氣的說：「你到底在幹嘛！讓女人等那麼久的男人，我看全天下只有狗會愛你！」

女方很不爽的轉頭準備離去，只見那個男人緩緩說出原因：「對不起，我剛剛去繼承我爺爺的五億元財產……沒想到妳竟然那麼生氣，看來我們就此分手好了……」

女友：「汪！汪！汪！汪！」

驕傲的錯

小賀打電話到辦公室找爸爸。

爸爸聽到電話的聲音知道是兒子的聲音，便對他開玩笑地說：「他是全世界最聰明和最能幹又和藹可親的人，請問你找他嗎？」

小賀聽了，連忙說：「對不起，我打錯電話了。」

香菇

精神病院有一位老太太，每天都穿著黑色的衣服，拿著黑色的雨傘，蹲在精神病院的門口。

醫生就想著，要醫治她，一定要從瞭解她開始，於是那位醫生也穿黑色的衣服，拿著黑色的雨傘，和她一起蹲在那邊。

兩人不言不語的蹲了一個月。那位老太太終於開口和醫生說話了：「請問一下，你也是香菇嗎？」

司機的幽默

上班時段，交通如同以往一般擁擠，公車上擠滿趕著上班、上學的人。突然公車停了下來，大家都嚇一跳。

大家你看我、我看你想著說怎麼回事？這時，公車司機站起來了，對乘客們說：「很抱歉，這台公車壞了，它常常會突然熄火。」

大家更是緊張了，想說是不是應該趕快下車換另一班公車呢？

司機接著說：「不過呢，我這公車有一個奇怪的毛病，只要在發動前，全部的乘客都起立，並且在發動的同時，大家用力跳一下，這樣，車子就可以發動了。」

乘客們議論紛紛，不過大家為了趕時間，都答應幫忙公車司機。

「來來來，希望大家配合，我數一、二、三，三的時候，請大家用力跳，越用力越好。」

「一、二……」

「好，注意囉，只有一次機會喔！」

「預備……一、二、三！」

「跳」一聲令下，全公車上的乘客奮力一跳；這時，公車真的發動了，大家正鬆一口氣時……

公車司機又說了：「謝謝大家的合作，今天是四月一日，愚人節快樂！」

乘客們：「%$#& ！」

三個傻兄弟

某天三兄弟在公園裡散步時看見路中間有坨東西，看起來像大便。

大哥說：「我們最好檢查一下。」

他彎下腰深吸了一口氣，「唔！聞起來像大便！」

二哥不很相信，走上前去，把手指插進去，「嗯，摸起來也像大便！」他說。

三弟很懷疑地走上前戳了它一下，再放進嘴裡，過了一陣子吐了出來說：「呸！嘗起來更像大便！」

三兄弟此時終於鬆了口氣，一起開心地說：「哈！幸好我們沒有踩到它！」

何嘉仁

有一天小賀的媽媽帶他去何嘉仁美語報名時，媽媽就問：「我的小孩為什麼不是何嘉仁親自授課呢？」

櫃檯小姐一聽，感到莫名其妙的說：「我們何嘉仁不親自授課的喔！」

媽媽便生氣的問：「不是何嘉仁授課為什麼取名叫何嘉仁！」

櫃檯小姐一臉不爽的說：「那妳他媽的去問隔壁那一棟長頸鹿美語，看他有沒有叫長頸鹿親自授課！」

報仇

老虎與烏龜打架，烏龜打到一半跳入湖中，老虎不甘心，就在湖邊守候許久。此時湖裡竄出一條蛇要出來獵食，老虎一腳踩住牠說：「不要以為你脫了背心我就認不出你！」

蛇被老虎毒打了一頓之後，心有不甘的想找機會報仇，終於有一天牠看到一隻貓，

就狠狠地咬了貓一口並說：「別以為你裝可愛，我就認不出你！」

貓被咬了以後，覺得實在很無辜，正想找人出氣時，就

發現一隻蚯蚓在那邊扭來扭去，牠狠狠的往牠身上抓了一下，說：「父債子還，聽到了沒！」

甜言蜜語

有一位老伯伯他生病了住院，但嘴裡還咬著菸，老伯伯看到了一位漂亮的護士美女便露出他風流的本性說：「嗨！小寶貝！」

護士沒有理會老伯伯的騷擾，只注視著他手中的菸，便說：「伯伯！小心肝……」

食人族獵食

有個食人族長和他兒子到外尋找食物，他們躲藏在草叢裡，等待獵物到來。

不久後有一位瘦小子經過，族長的兒子問爸爸：「爸爸，

這個如何？」

族長答道：「不，這小子太瘦，吃起來沒味道！」

不久後，有一位胖子經過，族長的兒子問爸爸：「爸爸，這胖子又如何？」

族長答道：「不，這個太肥，吃了膽固醇太高！」

剛說完後，又有一位窈窕青春美少女經過，族長的兒子問爸爸：「爸爸，這美女又如何？」

族長答道：「哇塞！好極了，我們把這美女捉回家，然後把你媽媽煮來吃！」

流派

有幾位日本武士正在討論誰的武藝最高超，一位武士站起來拔刀表演了一下說：「我的是飛天御劍流！」

又有一位武士站了起來，也拔刀表演便說：「我的是三刀流！」

接著又有一位武士一樣站了起來，拔刀表演的說：「我

的是雙刀十字流！」

旁邊有一個膽小的武士看見大家精湛的武藝，嚇的雙腳發軟，武士們問他：「你是什麼流？」

膽小的武士發抖的說：「我、我是、我是屁滾尿流……」

不想冒險

有一個男人跟他一天到晚只會抱怨的妻子來到某渡假勝地旅遊。在渡假當中，他的妻子突然去世了。

葬儀社的人跟他說：「您可以選擇花五千美元將尊夫人的遺體運回您的國家，或者花一百五十美元把她葬在這個地方。

那人想了一會，就跟葬儀社的人說他要把她運回家鄉去。葬儀社的人不解地問他說：「為何您寧可花五千美元把尊夫人運回家鄉，卻不願意將她葬在這美好之地，而且花更少錢呢？」

男人回答：「很久很久以前，有一個人在這裡死了，埋在這裡，過了三天，他又復活了。」

他繼續說著：「我就是不想冒這個險……」

《聖經記述：耶穌死後第三天復活》

拍錯馬屁

甄嬛傳重播了三、四次，但是卻有個笑話從那時候發生的。

皇上喜添一個龍子，設宴賞賜眾大臣。一位馬屁大臣向皇上敬酒道：「賀吾皇喜添龍子，愧奴才無功受祿。」

皇上聽了，臉一沉的說：「嘖！難道這等事還輪得上你有功嗎？」

有霸氣的名字

幾個小股東合資要開一家公司，為了彰顯公司的霸氣，特取名「能力」！

「嗯！『能力公司』聽著多霸氣啊！」

於是大家興高采烈地去申請並拿回營業執照，拿回來後大家幾個都傻眼了，只見執照上大大地寫著……「能力有限公司」。

能力好的原因

小賀是醫學院新生，上解剖課時很緊張，尤其聽到同學們炫耀爸媽是頂尖的外科醫生或本身有過相關經驗的時候，更是忐忑不安。

實際操作兩小時後，老師特別稱讚小賀操作能力很好，問他是否家學淵源的關係？

小賀不好意思地說：「是的，我爸是殺豬的。」

藏匿的地方

某日，有個富商開著賓利車，帶著年輕貌美的女兒兜風。行經荒郊野外時，遠遠望見幾個凶神惡煞攔路搶劫，父女兩人急的不知怎麼辦好。

忽然女兒靈機一動：「爸，不如把重要的珠寶都藏在我的私處裡減少損失。」

果然搶匪攔他們時，遍搜不到任何錢財，只好把賓利車開走。」

富商望著漸行遠去的賓利車，不禁歎口氣：「唉！要是妳媽也在就好了！」

狗的分別

小賀上游泳課的時候故意找小美的麻煩，說：「妳會游泳嗎？」

小美：「不會！」

小賀：「妳連狗都不如，狗至少會游泳。哈哈哈！」

小美不服氣的反問：「那你又會游泳嗎？」

小賀：「當然會啊！要不要現在游給你看？」

小美一陣冷笑：「不需要，因為你現在和狗有什麼分別？」

烤地瓜

從前有一個人叫小賀，他非常地喜歡烤地瓜，他愛死它們了，但是吃完烤地瓜之後，往往帶給他非常惱人的副作用「放臭屁」。有一天小賀邂逅了一個女孩子並與她墜入愛河，當他們論及婚嫁時，小賀告訴自己，他如果再繼續吃烤地瓜，她的老婆一定不能忍受，所以他決定犧牲自己放棄最愛的烤地瓜。兩人結婚不久後，小賀在下班回家的路上，他的車子拋錨了。他們住在鄉下，所以他打電話告訴老婆原因，並且告知用走路的會比較晚到家。

在他回家的路上，小賀路過一個小發財車，上面傳來一

陣陣令人無法抗拒的烤地瓜香味，他考慮了一下反正還要走好幾里路才會到家，在那之前應該可以排解掉所有的副作用。

所以他就買了烤地瓜，離開小發財車之前，小賀已經吃了三份特大號的烤地瓜，而且在回家的路上，他不斷的排氣，所以到家的時候他覺得非常地放心。

小賀在門口遇到老婆，她看起來似乎異常地興奮，她說：「親愛的，今晚我要給你一個大驚喜！」

老婆用頭巾蒙住他的眼睛，把他拉到餐桌的主位上，並要他承諾不能偷看。在這當時他開始覺得又想要放屁了，當他老婆正要解開頭巾時，電話鈴響了，老婆要他答應在她回來前不能偷看後，就去接電話了。

老婆離開後，小賀逮住這個機會，他把重心移到另一隻腳然後解放，這不僅是個響屁，還臭得像顆爛雞蛋，他幾乎無法呼吸，所以他隨手摸到一條餐巾然後用來搧風，他剛開始覺得好點，但另一個屁卻緊接而來，所以他把腳抬了起來「噗、噗、噗、噗！」聽起來不僅像個柴油發電機而且聞起來更糟，為了避免自己做嘔，所以他用手搧著周遭的空氣，

希望臭氣能夠消散點。

但另一個屁又緊接而來，這個屁簡直可以媲美化糞池的味道。他一邊聽著走廊上的老婆的對話，還得守著承諾不能偷看，接下來的十分鐘，他一直重複著相同的動作，放屁再用餐巾搧風。

當他聽到那一頭講電話的老婆和對方話別時，他俐落的把餐巾放在腿上，然後把手放在上面，在他老婆走進來時若無其事的樣子。

老婆因擔擱了這麼久時間，向他道歉，並詢問小賀是否有偷看餐桌上的東西，小賀非常篤定的說他絕對沒看，老婆這時高興的把他頭上的頭巾拿掉然後大聲說：「生日快樂！」

讓小賀驚訝的不是桌上的蛋糕，而是餐桌旁坐了十二位來參加他生日宴會的友人！

人情味

湯姆是一位外國人，有一天他對台灣朋友說：「你們台

灣人真有人情味。」

朋友就問：「何以見得？」

湯姆：「外國人在路上發生車禍，一定先打電話給保險公司和警察，而你們台灣人卻先問候別人的媽媽。」

避開畫面

有一次電視上出現接吻鏡頭，爸爸讓兒子去倒杯水，好避開那種激情的畫面。

不久，電視上又有接吻的場面，爸爸讓兒子再去倒杯水，兒子問：「爸爸，是不是你一看到有人親嘴你就口渴啊？」

同樣病症

有一個年輕妻子，她丈夫每晚都會目不轉睛的看電視中的摔角節目，什麼也不顧。她一氣之下就回了娘家。一進門，

只見她的父親一個人坐在電視機前，也在看摔角節目。

她驚訝的問：「媽媽呢？」

她父親頭也沒回的說：「回妳外婆家去了！」

恐怖的想法

結婚不到一個月的小楊，因一次車禍意外不幸去世了，他的妻子深受打擊，痛不欲生。

她丈夫生前的好友小賀上前安慰她，還說「願意代替她的丈夫」。

「但是會得到同意嗎？」妻子淚眼汪汪的說著。

「這還要得到誰的同意呢？」小賀一邊想著快要到手的東西，一邊疑惑的說。

小楊的妻子說：「當然是殯儀館啊！」

算命

有一個人，三十幾歲了依然事業無成，工作也找不到，事業也做不成，都一直賺不到錢。於是，去找算命師算個命看看。

「你啊，將會一直窮困潦倒，直到四十歲。」

那個人聽了，眼睛為之一亮，心想有轉機了，馬上問說：「然後呢？」

「然後喔……」算命師看了一下他的命盤接著說：「然後你就習慣了啊！」

沒來的理由

老師：「你終於來了！為什麼昨天沒有來上課？」

小賀：「因、因為，我媽媽從樓梯上摔了下來……」

老師：「喔！原來如此，媽媽受傷了所以你沒來。」

小賀：「不是，是我爸受傷了！」

老師：「為什麼你媽從樓梯上摔下來，你爸會受傷？」

小賀：「因為，我爸在外面有女人……」

老師：「什麼？那跟你媽從樓梯上摔下來有什麼關係？」

小賀：「因為他們打架，我媽摔倒沒事，我爸卻被我媽打傷。」

老師：「喔，那麼因為你送爸爸去醫院，所以沒來上課？」

小賀：「不是，是外面的女人送我爸去的。」

老師：「那重點你為什麼沒來上課？』

小賀：「因為我睡過頭了……」

老師：「那跟你媽從樓梯上摔下來有什麼關係？」

小賀：「沒有啊……我只是順便提一下。」

（老師吐血中……）

定律

物理課上講質量守恆定律。

老師：「一個雞蛋去撞另一個雞蛋，誰碎了？」

小賀舉手：「心碎了。」

老師驚訝大叫：「誰的心碎了！」

小賀：「當然是母雞的心碎了，難道是我的啊……」

認錯

有一天，老爸很生氣的問三個兒子說：「誰！是誰把流動廁所推到河裡的？」

三個兒子沒人承認！於是老爸說了個華盛頓砍倒櫻桃樹的故事給兒子聽。小兒子深受感動，便承認是他幹的！反而得到一頓毒打！

小兒子哭著問老爸：「為何我像華盛頓一樣說實話還要被打？」

老爸很生氣的說：「當時華盛頓他老爸可沒在樹上啊！我可是蹲在廁所裡面……」

作文評語

學生寫道：「元旦時，我們全家一起到歷史博物館參觀『冰馬桶』。」

師評：有這樣的東西嗎？我也要去看！（兵馬俑）

學生寫道：「早上起床整裡『遺容』後，我們到學校集合，搭車前往墾丁畢業旅行。」

師評：不知道你家是哪一家殯儀館？老師一直都不知道……（儀容）

學生寫道：「昨晚左眼皮跳個不停，當時就覺得那是『胸罩』，果然今天皮夾被扒走了。」

師評：孩子，你已經這麼大了嗎？（凶兆）

學生寫道：「報上說重金屬污染過的牡蠣，可『治』癌。」

師評：一字之差，養蚵人家都翻身！我是不是該趕快去養牡蠣？會賺到翻哦！（致癌）

學生寫道：「昨晚我和同學到速食店吃晚餐，我們點了兩個漢堡、『雞份一塊』……」

師評：好吃嗎？雞糞？（雞塊一份）

學生寫道：「星期天準備外出逛街時，匆忙之間不小心給『肛門』夾到，真倒楣。」

師評：老師很好奇——誰的肛門這麼大？（鋼門）

學生寫道：「四下無人，不要從背後拍我肩膀，我很容易『受精』！」

師評：孩子，我可能是你爸哦……老師記得曾這樣讓很多人「受精」。（受驚）

學生寫道：「逛完花市後，我花錢買下『賤男』，準備帶回家過年。」

師評：請用字正確一點，你買的那朵「劍蘭」花會哭的。

學生寫道：「我的歷史老師長髮披肩，個子矮小，脾氣不好，還有一點點『胸』……

師評：歷史老師要我轉告你，等下上歷史課時，皮給我繃緊一點。（兇）

學生寫道：「我認為自己是個品學兼「憂」的好學生……」

師評：你是該讓人擔憂了。（優）

學生寫道：「從小就住在我們家隔壁的陳伯伯住家三樓最後面一間廚房不知道為什麼會三不五時地飄來一陣又一陣烹煮紅燒牛肉時所散發出來的濃濃迷人中藥味道……」

師評：明天麻煩你一口氣唸完這句給我聽，不准換氣！聽懂了嗎？

到底誰是詐騙高手

聰明的小賀在上班的時候，接到一個不認識的電話，不像本土口音，上來就直呼小賀的名字。

「賀總！」

小賀：「你是誰呀？」

「你的老朋友啊」

小賀：「誰呀？」

「基隆的老朋友啦，連我的聲音你都聽不出來了？」

小賀：「你是？」

「哎呀，賀總你貴人多忘事啊」

小賀有點楞住了，想不起來這個聲音，只能寒暄了半天，對方就是不說自己的名字，最後小賀不耐煩了，「你不說就算了」就把電話掛了。

小賀後來想想有點不對勁，可能是騙子，如果把對方的聲音認做某個老朋友，對方就會想辦法講故事騙錢，於是小賀為了驗證剛剛是不是真的多年老友打來的，就按照剛才顯示的號碼把電話撥回去了。

小賀：「你是基隆的翁某某吧？」

「對呀！對呀！對呀！看看你，我說你貴人多忘事，連我的聲音都聽不出來了。」

這麼硬拗的詞都用上了，小賀馬上就篤定這是詐騙集團的手法，就想捉弄一下對方。

小賀：「對不起啊，翁某某，我還以為誰和我開玩笑耶！」

「賀總啊，我準備去台北出差，順便請你吃個飯……」

小賀我問：「可以啊，對了……你母親的癌症怎麼樣了？」

對方發呆一下：「喔……還是老樣子。」

小賀露出一副無奈的口氣：「唉，得了這病也沒辦法。你爸車禍的案子結了嗎？」

「喔……差不多了」

小賀：「也對啊，酒駕肇事本來就錯了，反正人都走了，賠不賠的也別太在意了。」

「嗯…」

小賀又接著說：「強姦你老婆的流氓逮到了沒啊？」

「逮到了，逮到了」對方這次很快的附和著，似乎想快點切到他的詐騙主題。小賀沒給他這個機會，隨即又問：「你兒子沒屁眼的手術做了沒啊？」

「……」對方沉默了十秒鐘，沒說出話來就把電話掛了。

不是叫你養牠

一個農夫在山坡上發現了一隻猴子，就把牠抓住。用繩子在牠脖子上做了一個圈套，並領著猴子去了派出所問警察該如何處理。

警察說：「你帶牠去動物園吧。」

第二天，警察看到那人還帶著猴子在街上溜躂，便問他：「我要你帶牠去動物園，你怎麼沒去？」

農夫回答說：「昨天去過動物園了，所以今天換帶牠去看電影。」

相親

女：「你有三房一廳的房子嗎？」

男：「沒有。」

女：「你有 TOYOTA 房車嗎？」

男：「沒有。」

女（站起）：「我有點事，先走了。」

男(喃喃自語):「我有獨棟別墅，為什麼要住小公寓？」

女（僵住）：「……」

男（喃喃自語）：「我開著賓士，難道要換成日本車？」

女人回眸一笑，坐下來繼續相親。

男：「我創業把別墅、車子全抵押了，現在一點現金都沒有了。」

女（大怒）：「什麼？你再耍我嗎？我有好多事，先走了。」

男：「還好後來拿到日本的投資基金，結果公司上市了。」

女人立刻轉身坐下，繼續聊天。

男：「不過資訊行業風起雲湧，股票跌破發行價，快要跌停板了。」

女人一聲不吭，站起身。

男：「幸好又被微軟收購，有了幾億現金，可以支持我二次創業。」

女（轉身微笑）：「你好壞啊，老是這樣逗人家……」

這時，兩個穿白衣的醫生走進來，氣喘吁吁的說：「你小子又從醫院跑出來，趕快回去吃藥。」

學生的厲害

有天，學校國文老師出了一道題目：「天上下雪不下雨，雪到地上變成雨，雪變雨來多麻煩，不如當初就下雨。」

此時，老師說誰敢接手？

一名勇敢的小賀同學舉出雙手大喊：「老師吃飯不吃屎，飯到肚裡變成屎，飯變屎來多麻煩，不如當初就吃屎。」

之後全班大笑，歡樂的下課，只留下小賀陪國文老師。

老幾

校園裡，一群學生大吵大鬧。不久，有人站出來喝止，其中有個學生不爽地說：「媽的！你算老幾啊？」

「我不知道我老幾，」那個人說：「但是大家叫我老師……」

初次約會

一個男孩即將去赴人生的第一次約會，非常緊張，於是向父親討教經驗：「爸爸，第一次和女孩見面，我該說些什麼呢？」

父親回答道：「我的兒子，第一次約會有三個話題可以說，就是食物，家庭和哲學。」

男孩記住父親的話，赴約去了。男孩和女孩來到一家豆花店，很長時間沒有說話，男孩想起了第一個話題，於是打破沉默：「妳喜歡吃花生豆花嗎？」

女孩回答：「不太喜歡花生……」

男孩一想，下面是家庭了，於是又問：「妳有哥哥嗎？」

女孩回答：「沒有耶，我是獨生女。」

兩個人又沒話可說了。男孩決定打出最後一張牌，談哲學。他想了想，問：「那麼，如果妳有個哥哥的話，妳覺得他會喜歡吃花生豆花嗎？」

沒有鱷魚

佛羅里達的海灘和藍天，對一個來自北方的旅客顯得格外迷人。遊客正要去游泳，就問導遊：「你能肯定這裡沒有鱷魚嗎？」

「沒有，沒有。」導遊微笑著回答，「這裡沒有鱷魚。」

遊客不再擔心，他步入海裡，暢游起來。爾後又問導遊：「你怎麼那麼肯定沒有鱷魚呢？」

「鱷魚精得很，」導遊小姐答道，「牠更怕鯊魚。」

徵婚

話說有一個女人到了婚姻介紹所徵婚，她跟介紹所的人說她理想對象的條件：「我理想的丈夫，白天要像紳士、晚上要如猛獸。」

介紹所的人：「那我介紹狼人給妳好了！」

金城武

有一戶人家有個女兒三十歲還沒出嫁，就找了一個媒婆來讓女子快快嫁掉。女子忐忑不安的打電話問媒婆：「我的相親對象是什麼人啊？」

媒婆添油加醋地形容：「對方人稱『金城武……』。」

女子一聽馬上掛了電話就去相親。結果回來後大罵媒婆：「又矮又醜，這種也叫金城武？」

媒婆不慌不忙的回答：「我還沒有把話講完妳就過來了，人家是說外號『京城武大郎』。」

幫忙

在郵局大廳內，一位老太太走到一個中年人面前，客氣的說：「先生，能不能幫我在明信片上寫上地址好嗎？」

「當然可以。」中年人按老人的要求做了。

老太太又說：「再幫我寫上姓名好嗎？謝謝！」

「沒問題。」中年人照老太太的話寫好後，微笑著問道：「還有什麼要幫忙的嗎？」

「嗯，還有一件小事。」老太太看著明信片說：「幫我在下面再加一句『字跡潦草，敬請原諒』。」

論理性與感性

某日有個國文老師上作文課。因為自己很喜歡看電影，就出了個題目「論理性與感性」，於是就把作文題目由左而右寫在黑板。

結果有個學生剛進教室，不知道剛才老師說什麼，從黑

板看到題目馬上開始寫。下課後，老師開始批改作文，一看到剛才那個同學寫的作文題目是：

「性感與性理論……」

原來是他從門口看的方向是反的……

上太空

有三個科學家，他們要在月球上待一年，他們的總召集人就跟他們說：「你們每一個人呢，都可以帶一樣東西到月球上陪伴你們一年。」

然後日本人就想說：「我應該帶什麼東西？嗯……我那麼好色，我帶老婆去好了，她可以解決我的需要。」

英國人則說：「那我要帶花茶去，我要好好研究有什麼花茶的喝法。」

那台灣人就說：「那我要帶香菸去，因為我最喜歡抽菸。」

一年過後，他們回來地球。很多記者圍著他們要訪問，

只見第一個下來的是日本人，記者就問：「嘿！你這一年在月球上過得好不好啊？」

就看到那個日本人抱著一個小孩，慢慢走出來說：「嗯！我這一年過得很棒，我生了一個小孩！」

英國人：「我這一年啊，在月球上發明了一百種喝紅茶的方法，可以出一本叫《喝紅茶的方法》的書了。」

接下來台灣人走出來了，站在那個太空梭門前，且臉很臭……

「嗯！這位台灣的科學家，請問你這一年在月球上過得怎麼樣？」

只見他滿目血絲的說：

「媽的！竟然沒帶打火機！」

逃兵的辦法

有天在森林裡正在進行著徵召動物們從軍去打仗，於是森林裡的動物全都要來體檢，排第一的猴子很不想從軍，他

看看自己的長尾巴，於是咬牙狠下心的把他折斷。

進去後體檢中心，軍醫說：「猴子尾巴斷了，是殘障，不用當兵。」

排第二的兔子看到猴子這般行為後，也毅然決然的把牠的長耳朵給折斷了。

進去體檢中心後，軍醫說：「兔子的耳朵斷了，是殘障，不用當兵。」

排第三的黑熊心想：「我耳朵那麼短，尾巴有跟沒有一樣，該怎麼辦呢？」

好心的兔子與猴子就過來幫牠想辦法，忽然猴子大叫：「我知道了！就把你的牙齒打斷，你就算殘障啦！」

於是猴子與兔子狠狠地扁了黑熊一頓，把牠的牙全打斷，黑熊雖然痛但也很開心地進去體檢了。

不久後，只見黑熊嘟著嘴出來，哭著說：「牠們說我太胖，不用當兵啦！」

成功男人背後的女人

小賀：「每個成功的男人背後都有一個女人。」

小英：「對啊！就是我讓我先生成為千萬富翁！」

小賀：「哇！真厲害……那妳先生原先是做什麼的？」

小英：「喔！我先生原本是個億萬富翁。」

小賀：「……」

先後秩序

一天，小明上作文課，作文題目是：「我的願望。」

小明寫著：「我第一個願望是希望有個可愛的寶寶，第二個願望是希望有個好老婆。」

作文簿發下來後，只見老師評語處寫著：「請注意先後順序！」

農民與總統的對話

某日總統到南部探訪民情，晚飯安排在一個農民家。

總統客氣的讓農民先進門，農民受寵若驚的說：「還是總統先生走前面吧，我們養豬的，在畜牲後面走習慣了。」總統聽了略顯不悅，但仍是強顏歡笑。

鄉長連忙請總統先坐下，並吩咐農民趕緊上菜，農民急忙端上一盤鳳爪放在總統面前，總統愛吃鳳爪，一連吃了好幾盤。

一邊啃骨頭一邊客氣的說：「味道不錯，簡單點就行了，不要搞的那麼複雜嘛！」農民忙說：「哪裡、哪裡，不值幾塊錢的東西，平時這都是給狗啃的。」

總統頓時臉色下沉，鄉長見狀連忙讓農民一起吃飯少說話。農民卻說：「總統先生先用，我還不餓，每天這個時間我得先餵豬，然後才吃飯，都成習慣了！」

鄉長氣急大罵：「你這個人會不會說話啊！」

農民哭喪著臉：「我平時和畜牲說話說習慣了，不會和人說話……」

空頭支票

話說某個共產黨的主席到農村視察，他想知道人民對黨的忠誠度，就問一位農夫：「如果你有兩畝田地，你願意奉獻其中一畝給偉大的黨嗎？」

農夫答：「噢，是的，我願意。」

主席又問：「如果你有兩棟房屋，你願意奉獻其中一棟給黨嗎？」

農夫答：「是的，我願意。」

主席又問：「如果你有兩部汽車，你願意奉獻其中一部給黨嗎？」

農夫答：「我願意。」

主席又問：「如果你有兩頭牛，你願意奉獻其中一頭給黨嗎？」

農夫答：「不，我不能。」

主席感到很奇怪地問：「你既然肯奉獻一畝田、一棟房子、一部車，為甚麼不肯奉獻一頭牛呢？」

農夫說：「因為我真的有兩頭牛啊！」

講笑話

電器用品舉辦講笑話大賽，規定每個電器都要講一個笑話，而且除了讓現場的每一位觀眾都哈哈大笑外，不能冷場，否則要被抓去阿魯巴。

首先上場的是洗衣機，他笑話一講完，全場哈哈大笑，突然聽到電鍋說：「好冷哦！」

所以洗衣機就被抓去阿魯巴了。

接下來上場的是最聰明的電腦，他的笑話一講完，所有的家電全部笑翻了，又聽到電鍋說：「好冷哦！」

所以電腦也被抓去阿魯巴了。

第三位是最幽默的檯燈，檯燈很有自信的講完笑話，大家全部笑到在地上打滾，電鍋又說：「好冷哦！」

正當檯燈要被抓去阿魯巴時，電鍋很生氣的站起來，轉過頭對坐在他後面的冰箱說：

「我受夠了！你笑就笑，嘴巴不要張那麼大，很冷耶！」

時機還沒到

一個有名的宅男來找媒人。

「我想請您給我介紹對象。」

「我很樂意。我會給你介紹一位出身好的小姐。」

「正合我意。」

「她有許多嫁妝！」

「好極了。」

「她長得很漂亮，簡直可以說是個仙女！」

「妙極了！」

「但是，她有個弱點…」

「是什麼呢？」

「就是有時會發瘋。」

宅男皺起了眉頭：「常常這樣嗎？」

「每年兩次。」

宅男眉頭眼笑：「如果是這樣，我同意！」

媒人沉默半天一言不發。

宅男有點納悶，便問道：「您什麼時候去向她提起呢？」

媒人點了一支菸，鎮靜的說道：「急什麼呢，年輕人？讓我們等到她發瘋時再說吧！也許她在那個時刻才願意嫁給您！」

忙中有「口」誤

某客運起點站上，停靠著一輛待發的汽車。車上的座位已坐滿了人。這時，坐在座位上的一位國文老師起身向前面詢問發車時間。就在此時，上來一位女同學，看見有空座位就坐下來。

那位找司機問時間的老師，回座發現自己的座位被別人佔了，頓時腦羞成怒又不想失文雅，想了一句諺語：「下蛋不勤占窩倒挺快的。」

那位女同學先是一愣，轉眼看到前面置物櫃有行李，突然像是明白了什麼，一邊起身讓坐，一邊道歉：「對不起，耽誤您下蛋了。」

心懷不軌

有一次，內科醫生要求漂亮的女病患脫衣服。

這位小姐輕聲的說：「醫生！我不敢在你面前脫衣服。」

醫生說：「好吧！那我先把燈關掉，妳衣服脫好後再告訴我。」

一分鐘後。

小姐在黑暗中輕聲地說：「脫好了，請問衣服要放哪？」

醫生說：「就放在我的衣服上吧！」

三國演義的由來

話說有一次諸葛亮，劉備，孫權，曹操四人同乘飛機，突然遇到緊急情況，需要跳傘逃生。這時候才發現機上只剩下三個降落傘。

大家一陣緊張，這時只見諸葛搖搖羽毛扇清清嗓子，說：「這樣吧，敝人就出幾道題，能答上來的，就有降落傘，答

不上來的只好自己跳下去了」。

大家想了想，沒辦法只好同意。

諸葛亮搖了搖羽毛扇問劉備：「天上有幾個太陽？」

劉備一想簡單，回答：「一個。」於是拿了個降落傘下去了。

諸葛亮再問孫權：「天上有幾個月亮？」

孫權回答：「一個。」也拿了個降落傘下去了。

最後輪到曹操，諸葛亮問：「天上有幾個星星？」

曹操一楞，回答不上來只好自己跳下去了，沒想到竟然跳在海裡撿回一條命，曹操暗自慶幸。

第二次，同樣四個人坐飛機遇到緊急情況，四人又商量的結果，還是用老辦法決定誰拿降落傘。

諸葛亮又搖起羽毛扇問劉備：「當年周武王戰敗紂王的那場戰役是？」

劉備一想簡單，回答：「牧野之戰。」

諸葛亮點點頭，於是劉備拿了個傘包下去了。

諸葛亮再問孫權：「那場戰役大概死了多少人？」

孫權想了想說：「大概有三、四萬。」

諸葛點點頭，孫權拿了個傘包也下去了，曹操不禁偷笑的想著「諸葛亮呀！諸葛亮呀！本人可是貫古通今，尤其是軍事，這次你可是栽在我手上了！」

只見諸葛亮問：「那……他們都叫什麼名字？」

曹操一聽差點暈過去，只好自己跳下去了，沒想到竟然又跳到海裡撿回一條命。

曹操暗自竊笑的說：「媽的，老子命大，看你諸葛老頭能把我怎麼樣！」

第三次同樣一群人坐飛機，飛機又遇到緊急情況，曹操一想，諸葛老頭又要整我，乾脆我自己跳下去算了，免得又被侮辱。

於是一橫心，跳了下去，在空中高速下降中，只聽到上面諸葛亮大喊：「曹操啊！今天飛機上有四個降落傘，你就不必急著跳啊……」

曹操：「馬的——！」

兩條腿的用意

小賀是個二十三歲的啃老族，退伍後仍然沒有工作，他老爸非常心急，但是又無可奈何，一直想找藉口好好的修理他一番。有天機會來臨了。

「爸爸，我要去買雞排，借用一下你的汽車，可以嗎？」

「那你兩條腿是生來幹什麼的？」父親露出了莫名其妙的神情。

白目的小賀笑笑的回答道：「一條踩油門，另一條踩離合器啊。」

父親：「$%#&！」

面子問題

一輛破舊的老爺車停在飯店門前，車身上生滿鏽，水箱沒有蓋子，蒸氣直往外噴，車蓬早已脫落。車主對一個流浪漢說：「我要打個電話，請你幫我看一下汽車好嗎？」

對方答應了。事後車主為了酬謝流浪漢，便問他要多少小費。

「五百元。」

「什麼？這簡直是搶劫嘛！我才去了三分鐘而已。」車主大叫。

「先生，這不是時間的問題，而是關係到本人面子的問題，過路的人都以為這輛破車子是我的。」

好個對罵

小華與小明這天吵了起來。

小華不屑地說：「哼！你媽當初生你的時候真該直接把你掐死算了！」

小明用著極為鄙視的眼光不甘示弱地說：「是嗎？我看你爸才應該直接把你射在牆壁上呢！」

車禍

一架拖車在高速公路行走，車上載著一隻狗，一隻豬，一匹馬。

不久，拖車失控，撞翻在地，狗、豬、馬和司機都被拋出拖車，過了一會，一個警察來到，他首先見到隻狗，然後搖搖頭說：「脖子斷了，太可憐了。」然後掏出槍把牠殺死，接著他見到那隻豬，見到豬的背骨碎了，又掏出槍把牠殺了，接著他見到那匹馬，看到馬的四條腿骨都折斷露出來，搖搖頭把牠殺了。這一切都被司機見到了，這時警察發現了司機，走過去，問：「你覺得怎樣了？」

這時司機擠出全身所有力量站起來說：「我從來出生到現在，從沒有覺得身體狀況會如此的好……」

正當藉口

軍營裡的一個上尉，剛學會了駕車就迫不及待地把車子

開到了大街上。來到十字路口時，紅燈已經亮起，交通警察示意他把車子往後退一點，因為他超過斑馬線的位置了。

可是上尉還沒來得及學倒車，只好硬著頭皮把車子又往前開了一點。

警察大怒，吹起警哨趕來制止，上尉只得把車停住。面對警察的責罵，他大聲回答：「我是軍人，只能前進，決不後退！」

你都用什麼餵豬

一個偏僻的鄉村有個養豬農。

一天，有一個年輕人跑來問他說：「阿伯，你都用什麼餵豬？」

阿伯：「我都用餿水。」

年輕人一聽就拿出他的證件說：「我是愛護動物協會的人，我懷疑你虐待動物。」

說完就開了一張十萬元的罰單給阿伯，隔天又有一個年

輕人跑來問他說：「阿伯，請問你都用什麼養豬？」

阿伯心想「哇哩勒！還會再來一次複查喔？」

於是記取昨日的教訓說：「我都用鮑魚、燕窩、魚翅和麥當勞、肯德基餵牠們啊！」

年輕人一聽就拿出他的證件說：「我是饑餓三十協會的人，我懷疑你浪費食物！」

說完又開了一張十萬元的罰單給阿伯，阿伯已經譙的快吐血了。

第三天，又有一個年輕人跑來問他說：「阿伯，你都用什麼養豬？」

阿伯心想「你還來啊！兩次還不夠喔？」

於是就很肚爛的大聲說：「他媽的！每天中午我就給牠們兩百塊，要吃什麼，自己去買啦！」

買內衣

有一天一位先生去幫他太太買內衣，因為他從來沒有幫

他太太買過內衣，所以他不知道要買哪一種尺寸的。他跟店員扯了半天，店員只好拿水果來形容了。

店員：「木瓜？」

先生：「不是！不是！」

店員：「蘋果？」

先生：「不對！不對！」

店員：「蓮霧？」

先生：「再小一點！」

店員：「雞蛋？」

先生很高興地說：「對！對！對！」

當店員了解後轉身去拿內衣時，那位先生突然大叫：「小姐等一下！是煎過的那種喔。」

生前愛吃

話說在一個夜黑風高的夜晚，就在那條最可怕的辛亥隧道前，計程車司機開過那裡，結果有個婦人在路旁招手要上

車。司機想了想缺錢，還是載了婦人。

但是一路上，婦人一直保持安靜，突然婦人說話了……

她說：「這個蘋果給你吃，很好吃的哦……」

司機覺得不能辜負婦人的好意，就拿了蘋果，接著吃了一口後，那婦人問：「好吃嗎？」

司機說：「好吃呀！」

婦人又回了一句：「我生前也很喜歡吃蘋果啊……」

司機一聽到，嚇得鬆開油門，面色慘白的不敢看後照鏡，只見那婦人慢慢把頭傾到前面，對著司機說：

「……但是在生完小孩後就不喜歡吃了！所以我這裡還有很多，你要不要？」

瞎了嗎

在繁榮的市區發生交通意外，兩輛小轎車迎面相撞。

其中一位司機怒氣沖沖大叫：「你瞎了嗎？」

另一位司機不甘被辱，反唇相譏：「誰說的？我不是把

你撞凹了嗎？」

飆車

一個老闆出外旅遊，心情非常高興的開著心愛賓利車在公路上行駛，這時，他發現路邊停著一輛農用收割機，並且有一個人在擺手。於是他停下車，原來這個收割車壞在路上想找人幫忙拖走。老闆今天心情非常高興，便答應了。

兩個人同時約定好，如果收割車打右方向燈，請繼續開。如果收割車打左方向燈，請停車。然後，老闆開著賓利車後面拖著收割車一起上路了。

突然，一輛寶馬轎車從後面以極快的速度超過他們，老闆一看，非常生氣，怒罵到:「還沒有人敢超我的賓利車呢！」於是，他馬上切換高速檔，急踩油門朝著寶馬追了上去，卻忘了身後拖著一輛收割機。

老闆很快的追上了寶馬，正當他們以兩百八十公里的速度飆車時候，被路邊的一個交通警察發現了，但想攔已經來

不及了。交通警察連忙拿出對講機，跟下一路段警察聯繫：「喂！喂！喂！發現兩輛車在飆車，速度非常快，一輛是寶馬，一輛是賓利，請你攔阻他們，不對，是三輛車在飆車，後面還緊緊的跟著一輛收割車，而且那台收割車還打著左方向燈，想超車……

笑不出來了吧

有一個海邊的村落，村裡大部份男人時出海捕魚很久沒回家。

村子的女人幾乎每個人都有偷情，但在偷情後又會去找牧師告解，過了一陣子後，牧師建議那些女人：「以後我們把偷情這兩個字叫做『跌倒』，只要說『跌倒』我就知道了！」

後來，老牧師退休了，他走之前特別交代村長要把『跌倒』這兩個字的意思轉告新牧師，但新的牧師上任後，村長卻忘了告訴新牧師這件事。

女人們還是一樣去找牧師做告解，每天都有人跟牧師說

我今天跌倒了。因為跌倒的人實在太多了，於是牧師去找村長，他建議村長要加強道路建設，免得太多人跌倒。

結果沒有想到，村長聽了哈哈大笑。

牧師不明所以，看村長笑得那麼開心，就很生氣地說：「你笑什麼！你老婆這個禮拜已經跌倒三次了！」

專長

一位求職者在「專長」一欄中填上「造謠」。

主考官不信任地說：「你造一次謠給我們看看。」

求職者走到門外，對那些等待考試的人說：「你們可以回去了，我已經得到了這份工作，沒你們的事了。」

退一步

員工：「老闆我要加薪，不然我就辭職。」

老闆：「有話好好說，你看我們倆都退一步行不行？」

員工：「怎麼退？」

老闆：「我不給你加薪，你也別走。」

不在人事了

小賀在五樓人事部門工作，一個月前，被調到三樓的行政部門去了。

今天，小賀同學打電話到人事部門找他：「小賀在嗎？」

接電話的同事說：「小賀已經不在人事了。」

小賀的同學：「啊？什麼時候的事啊！我怎麼不知道啊？還沒來得及送他呢！」

接電話的同事說：「沒關係，你可以去下面找他啊。」

最受歡迎的病人

一個外科醫生聊天，談到為哪類病人動手術最省事。

「我認為是會計師」第一個醫生說：「你切開他的身體之後，會見到所有內臟都有編號，絕不會混淆」。

「圖書館的管理員不錯」第二個醫生說：「內臟都按分類排列」。

第三個醫生說：「我喜歡為工程師開刀，他們會理解為什麼我們替病人動手術後，會在病人體內留下手術刀或鉗子。」

最後一個資歷最老練的醫生：「我最喜歡替律師動手術……他們沒心腸、沒腰骨、沒膽子，而且頭和屁股可以互換。」

手電筒的妙用

女行政：「主管，這麼晚去提款我害怕……」

主管：「沒辦法，這筆資金有點急。」

女行政：「萬一有歹徒劫色怎麼辦。」

主管：「妳拿手電筒去。」

女行政：「這個有什麼用？」

主管：「萬一遇到了歹徒的時候，妳照一下自己的臉給對方看。」

哪個部門的

有一天一家出版社的老闆視察自己的倉庫時，發現有個人窩在角落玩智慧型手機。

老闆看到了，非常不高興的問：「你一個月的工資多少錢？」

那人回答：「兩萬二。」

老闆掏出錢包數了二十二張千元鈔票給他，並大聲吼道：「這是你這個月的工資，馬上給我滾！」

那人不但沒有難過，還高高興興的走出公司大門。餘怒

未消的老闆問旁邊倉庫組長：「他是哪個部門的？是編輯部的還是業務部的？」

組長小聲答道：「他……他是來送便當的。」

誰的運氣

某日，縣長帶著夫人路經某一個建築工地，一位戴安全帽的工人走過來向縣長夫人喊道：「妳好，還記得我嗎？高中的時候我們不是班對嗎？」

雖然當下沒發生什麼不愉快的事情，回家之後，縣長對著夫人說：「妳嫁給我是妳的運氣，不然妳今天就是一個建築工人的老婆了。」

「有運氣的是你，否則今天他就是縣長了。」縣長夫人忿忿不平的回答。

裝闊

有一個富二代的少爺問酒店的服務生：「你最多一次得過多少小費？」

「一千元。」服務生回答。

富二代立即掏出兩千元遞給服務生：「下次再有人問你誰給的小費最多時，可別忘了提我的名字。對了，那一千元是誰給你的？」

「也是您呀，先生。」服務生說。

職業習慣

一個遊客租計程車出遊。半路上他拍拍司機的肩膀，想問這裡的風景叫什麼，沒想到嚇得司機「哇哇」亂叫。

「啊，對不起，沒想到會嚇著你。」他抱歉道。

「沒關係，小小的誤會。」司機緩緩的道出理由，「我今天剛開計程車，因為過去我一直是開靈柩車的。」

重溫舊情

一對中年夫婦正準備睡覺，突然發現樓房著火了，兩人驚慌失措地穿過煙霧瀰漫的走道向外跑。

這時，丈夫無意中發現妻子臉上掛著近幾年從未有過的甜蜜微笑。

「天哪！現在是什麼時候，妳還笑得出來！」丈夫驚訝的說。

「我實在太高興啊！」妻子笑著說，「五年來，這還是第一次你和我一起出門！」

駱駝跟大象

有一天駱駝跟大象在一起，大象問駱駝：「為什麼妳的胸部長在背上。」

駱駝不想回答，大象又問駱駝。

駱駝說：「我實在不想跟一個老二長在臉上的，解釋這個問題。」

草莓味

有一隻肥牛問一隻瘦牛說：「這草好不好吃啊？」

瘦牛說：「我吃吃看。」

結果瘦牛吃了幾口就說：「草莓味。」

肥牛不相信的說：「騙肖！草怎麼可能有草莓味？」

於是他就自己吃了一口說：「shit ！一點味道都沒有啊！」

瘦牛就說：「所以我才說草沒味……」

覺得可憐

有一天，老師要獎勵小賀，因為他在日記裡寫上熱心助人，是很充實的一天。所以老師請小賀上台告訴同學們助人的內容。

小賀趾高氣昂的站上講台說：「昨天坐在家門口吃雪糕，不遠處站著一個衣衫襤褸的小男孩正眼巴巴的望著我手上的

雪糕，垂涎欲滴的樣子。我覺得他很可憐，就招手讓小男孩過來……」

然後遞給他一個板凳說：「來，坐著看我吃！比較不會累。」

窩邊草

小賀已經三十歲了還單身，他老爸很擔心的走進房間想要開導他。

老爸：「你們公司那麼多美女，為何到現在你還不找個女朋友？」

兒子冷冷地說：「兔子不吃窩邊草！」

老爸：「都這把年紀了，你還說什麼『兔子不吃窩邊草』！」

兒子沮喪地說：「美女是兔子，而我……才是草。」

花木蘭從軍的祕辛

話說有一次花木蘭上戰場英勇奮戰的時候，不巧剛好遇到「大姨媽」來了，因此體力不支，便暈倒過去。

花木蘭醒來之後，發現一名軍醫正在照料自己。

軍醫說：「你昏迷了好幾天終於醒過來了，有個不幸的消息告訴你……你的雞雞不幸在戰場上被敵人砍下了。」

木蘭心想「真笨的醫生，竟然不知道我是個女的。」

軍醫說：「你傷的很重，好幾天都血流不止，到今天血終於止住了……」，軍醫又接著說，「傷口……我已經幫你縫起來了！」

義大利麵

醫生與護士鬧婚外情，結果護士竟懷孕了！醫生不想讓太太知道，於是他給了護士一筆錢並告訴她：「妳帶著錢，去義大利把小孩生下來。」

護士問：「那我要如何讓妳知道小孩子出生了呢？」

醫生說：「就寄個明信片，在上面寫個『義大利麵條』就可以了，我會支付妳所有的費用的。」

護士拿了錢便飛往義大利，六個月過去了，有一天醫生的太太打電話給醫生：「親愛的，我收到一張明信片，從歐洲寄來的，但不知道講些什麼？」

「喔？等我回去後再說。」醫生說。

那晚，醫生回到家，看完明信片後便心臟病發。

緊急送醫後，主治醫生在一旁問醫生的太太：「是發生什麼事？他看了什麼？」

太太拿起那張明信片念：「義大利麵條、義大利麵條、義大利麵條、義大利麵條，四份，兩個附香腸和肉丸，兩個沒有。」

對策

星期天，父子倆坐在電視機前看「三國演義」。

中間插播廣告時，父親伸了個大懶腰，嘴裡念道：「兵來將擋，水來土掩。」

兒子笑著問：「那媽媽來了怎麼辦？」

父親趕緊起身說：「你做功課，我去廚房。」

我要唱歌

爸爸、兒子與奶奶一起隨旅遊團出遊。

中午爸爸和兒子與別桌陌生的來客一起吃飯，兒子突然說：「爸爸，我要尿尿！」爸爸覺得很沒面子的說：「你以後再要尿尿就說『我要唱歌』，知道了嗎？」

晚上，兒子與奶奶同一個房間時，他說：「奶奶，我要唱歌。」

「三更半夜的唱什麼歌，睡覺！」奶奶回答道。

過了一會，兒子真的憋不住了又說：「奶奶！我要唱歌！」

奶奶擋不住孫子的要求：「好，那你就貼在我的耳朵小

聲唱吧！」

看西醫不行就要看中醫

有一個花花公子，因為玩的太兇了，結果那命根子爛掉了。

連續看了好幾個西醫，醫生都告訴他：「你這裡不行了，一定得切掉！」

那個花花公子一聽，怎麼捨得切掉啊！就跑去看中醫。

中醫看了看說：「雖然太晚了，嗯……不過沒關係！」

「真的嗎？可是我看了好多西醫都說一定要切掉。」

中醫一副得意的模樣說：「西醫就是這樣，動不動就要切東西……來！這瓶藥你拿去，每天塗三次不用多久它就會自己掉下來啦！」

聰明的修女

有兩個修女，一個是數學很強的修女，另一個邏輯很強的修女，現在已經快天黑了，但她們離修道院還有很遠的路程。

數學修女：「妳有沒有注意到，後面有個男人已經跟蹤我們有三十八分鐘三十秒了，不知道他想要做什麼？」

邏輯修女：「依照我的合理推斷，他想侵犯我們。」

數學修女：「天哪！在這平坦道路下，他會在十五分鐘之內抓到我們的，我們該怎麼辦？」

邏輯修女：「唯一合理的方法當然是走快一點。」

數學修女：「但是在這樣的速度下，他再十分鐘就能抓到我們了。」

邏輯修女：「那麼不然這樣好了，唯一合理的方法就是我們分開逃，妳走那邊，我走這邊，他不可能兩個都抓。」

結果，那個男人選擇繼續跟蹤邏輯修女。

數學修女平安地到達修道院，但很擔心邏輯修女會不會出事，然後就看到邏輯修女進了門口。

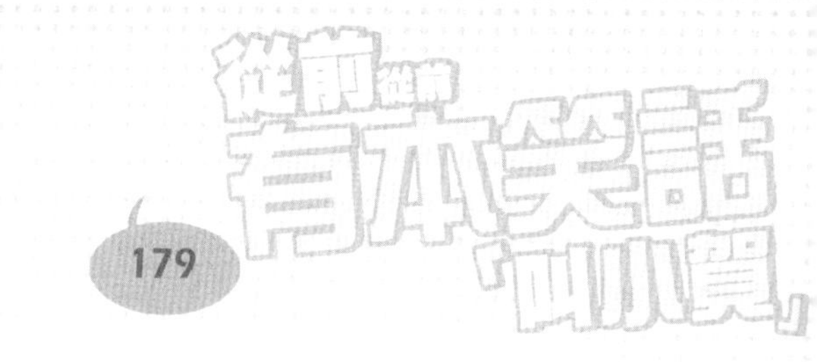

數學修女：「妳終於回來啦！感謝主！快告訴我發生什麼事了？」

邏輯修女：「他繼續跟蹤我後，發生了唯一合理的事情。」

數學修女：「什麼合理的事情？」

邏輯修女：「他抓到我了。」

數學修女：「天哪！那妳怎麼辦？」

邏輯修女：「我做了唯一合理的事，就是把裙子拉起來。」

數學修女：「天哪！那、那個男人呢？」

邏輯修女：「他也做了唯一合理的事，就是把褲子拉了下來。」

數學修女：「我的天哪！那後來呢？」

邏輯修女微笑的說：「結果當然也是很合理的。一個把裙子拉起來的修女，一定跑得比一個把褲子拉下來的男人快得多，妳說是不是？」

親戚明算帳

一位女孩因為老爸欠錢還不了，無奈只好嫁給了債主。

新婚第一天晚上，女子對得意洋洋的新郎說：「我嫁給你，是因為我老爸欠你的錢，你別太得意！」

第二天，女子睜開眼睛，搖醒熟睡的新郎，說：「我爸到底欠你多少錢？可不能就這麼算了！」

養生湯

小賀有一次出去玩，在一個遠房親戚家住了兩天。

那裡有個風俗就是小孩子的尿是最乾淨的，他們就用童子尿來煮雞蛋，說是非常養生。

小賀看了哪敢吃，無奈親戚家非常熱情，一直勸他「一定要嚐嚐看。」

小賀沒辦法只好回著：「我不愛吃雞蛋。」

親戚不減熱情的對他說：「不然，你就喝點湯吧。」

小學的國語課

小英在寫作文的時候，聽到小賀在唸著自己的作品，看文句通不通暢。

小賀：「天這麼黑，風這麼大，爸爸捕『姨』去，為什麼還不回家？」

小英：「是唸『魚』啦！不是唸『姨』啦！」

小賀：「我沒有唸錯啊！我爸爸昨天晚上出門去隔壁阿姨的家……」

那你幹嘛脫

一位婦人抱著寶寶到一間婦產科。

醫生問婦人說：「寶寶是餵母乳還是牛奶啊？」

婦人：「吃母乳！」

醫生：「那請妳把衣服脫下來。」

婦人：「啊？為什麼？」

醫生：「請妳不用緊張，這裡是婦產科，絕不會對妳有任何侵犯的。」

婦人半信半疑的脫去了上衣，醫生的手在婦人的胸部上檢查了一陣子。就對這婦人說：「難怪 BABY 會營養不良，妳根本就沒有母乳嘛！」

婦人：「廢話！我當然沒有母乳！我是他的阿姨！」

早餐與中餐

同事的妻子做飯一向懶又省事，一天我故意問同事。

「早上吃的什麼？」

「燒餅夾蔥蛋。」

「中午呢？」

「燒餅夾蔥蛋。」

「怎麼兩頓都吃一樣？」我驚訝的喊著。

「不一樣。」

「有什麼不一樣？」

「對她來說，早上那個是熱的算一餐……」

故事中的教訓

小學教師叫班上每個學生講個故事，然後說明故事的教訓。

小英第一個說：「我父親有個農場，每星期我們把雞蛋放進一個籃子運往市場，」她說，「有一天，因為路面凸起，雞蛋從籃子裡飛出來掉到地上，都碎了。故事的教訓是：不要把你所有的雞蛋都放在一個籃子裡。」

第二個說故事的是小明。「我爸爸也有一個農場。」他說，「有一天，我們把十二顆雞蛋放進孵卵器，但只有八顆孵出小雞。故事的教訓是：不要蛋未孵就數雞，如意算盤往往不可靠。」

最後一個是小賀。「我叔父打仗的時候是開飛機的，被人擊落時他用降落傘跳到一個偏僻小島上，身邊除了一瓶藥用威士忌酒別無所有，他接著說，叔父被十二個敵人包圍了，

他喝下那瓶威士忌，然後赤手空拳把敵人都打死了。」

「真是了不起，」教師說，「但故事裡的教訓是什麼呢？」

「教訓就是……」小賀說，「叔父喝酒的時候不要打擾他。」

軍官的家

小賀是一位標準的軍人，他連自己的家中的每一個地方都給它冠上跟軍事有關的名稱，比如說：

廚房稱為「後勤補給中心」。

客廳稱為「軍事情報站」。

兒子的臥房稱為「男兵宿舍」。

女兒的臥房稱為「女兵宿舍」。

有一天，有客人到小賀家，在看過上面的稱謂之後嘖嘖稱奇，客人心想那他們夫妻的房間應該就是「司令部」了……

結果一看，小賀夫婦的房間竟然是「新兵培養中心」！

穿幫到底

有一天小賀的老婆吵著要他帶她去看脫衣秀，但是他不肯，推說沒有去過。

但是他老婆還是堅持要去，小賀只好帶她去了。

在進場的時候，老先生看到小賀，興奮的說：「小賀，又來啦！」

小賀的老婆聽了有點不高興，但是決定看看再說，就走了進去。

這時，有個人忽然站起來說：「小賀，早知道你會來，快快快，幫你留了好位子呢！」

小賀的老婆聽了更不高興了，心想原來自己被騙了。但是家醜不可外揚，先忍忍吧！看著脫衣舞孃一件一件的脫光光，只剩一件小褲褲。

脫衣舞孃笑著邊脫邊說：「這一件小褲褲要給誰呢？」

全場的人忽然一同說：「給小賀的。」

這時，可憐的小賀已經無地自容，而他的老婆也快忍不住了，於是他們兩個便坐上計程車要回家。在路上，小賀的

老婆已經忍不住了，破口大罵。

這時，計程車司機說話了：「小賀呀！你今天帶的妞比較兇唷！」

外銷手法

弟弟和妹妹都到了愛漂亮的年齡，對身上的衣著很講究。但是媽媽常為妹妹添購新衣，而忽略了弟弟。

為此，弟弟很不開心，說媽媽偏心。而媽媽卻有她的理由的說：「外銷的東西，要特別講究包裝。」

原來是汝

一個男人自殺後去見上帝。

上帝問：「我的孩子，你為什麼要自殺啊？」

男人說：「我追求一個女子，但是她說我沒有高大英俊

的身材和相貌，所以我被拒絕了。」

上帝若有所思的點點頭說：「說的也是，在愛情裡面視覺效果是很重要的。這樣吧，我給你一副舉世無雙的漂亮外殼，你現在回去追求你的幸福吧。」說著上帝念起了咒語，只聽「咻」的一聲，男人走了。

一個星期後男人第二次自殺回來，又見到了上帝。

上帝問：「我的孩子，你為什麼又要自殺啊？」

男人痛苦的說：「我回去以後，那個女子說，雖然我長的很帥，但是我一點都不瞭解她。我又被拒絕了。」

上帝理解的點點頭：「這是當然，如果不瞭解一個人，有怎麼知道如何才能給她幸福呢？這樣吧，我給你超人的洞察力和直覺，你回去追求你的幸福吧。」說著上帝念起了咒語，只聽「咻」的一聲，男人又走了。

一個星期後男人又回來了，那是第三次自殺。

上帝很驚訝的問：「我的孩子，你為什麼又自殺了啊？」

男人極端痛苦的說：我回去以後，雖然長的很帥，而且很瞭解她，但她說她早已經把自己的身體獻給了另一個男人

了……」

上帝同情的看了看這個不幸的男人，最後說道：「這樣吧，既然你這麼喜歡那個女子，我就讓那個男人死掉，這樣那個女子就是你的了，你回去吧！」

說著上帝念起了了咒語，咒語剛念到一半，只聽「咚」的一聲，上帝倒在地上死去。

男人高興的說：「這下我終於可以回去追求那位漂亮的修女了！」

鬧鐘

住宿的時候同學買了一個新鬧鐘，就是那種會叫「喔嗨呦（早安）」的日本鬧鐘。

結果隔天早上我那同學睡眼惺忪要關掉鬧鐘，卻一不小心就把鬧鐘摔到地上，鬧鐘就好像一直跳針，只會重複第一個音：「喔、喔、喔、喔……」

那天我們全宿舍的同學都起得很早……

接吻

練習籃球時，小賀老是接不穩球。

這時漂亮的女教練大聲說：「接穩好不好？」

小賀淘皮的答：「接吻的話，我就可以喔！」

女教練說：「你當然可以啊！但是請不要再吻籃球了！」

新婚夫婦

一對年輕戀人決定結婚，當大日子接近時，兩個人都有一點害怕，每一個人都有一件祕密沒有告訴對方。準新郎終於決定找他父親尋求建議。他對父親說：「我很擔心我的婚姻會有問題，會失敗。」

他老爸問：「怎麼了，你不愛這位女孩嗎？」

準新郎說：「愛，非常愛，但是我的腳很臭，我怕結婚後，她會厭惡我的腳臭，連帶的厭惡我。」

老爸說：「這簡單，你只要常常洗腳，隨時都穿襪子，

即使睡覺都穿襪子。」準新郎想了一想，覺得是可行的解決方案。

準新娘則把問題告訴她母親：「媽，當我每天早上醒來時，我的嘴裡的氣味很臭，我怕會把我老公嚇跑。」

母親說：「親愛的，這不是問題，每個人起床時都有口臭的。」

女兒說：「不是，妳不瞭解，早上起來我的口臭很嚴重，我怕我的老公不願意跟我睡同一間房間。」

母親說：「這樣子，早上起來時不要開口，先去浴室刷牙漱口。重點是，在刷牙漱口前絕不開口。」

女兒問：「早上醒來也不要說早安？」

母親說：「對，一個字都不要說。」準新娘想，值得一試。

於是這對情侶結婚了，各自記得他們收到的建議，他從不在人前脫襪子，她早上在刷牙漱口前絕不開口，兩口子倒是相安無事。幾個月後，一天早上，丈夫醒來，發現一隻襪子脫落不見了，他嚇死了，馬上在床上到處找襪子，把妻子吵醒。

妻子突然的被吵醒，想都沒想，就開口問：「你在幹什麼？」

丈夫說：「oh my god ！妳把我的襪子吃進去了？」

開發案

妻：「為什麼你不讓我去隆乳！」

夫：「妳難道不知道不可以在山坡地亂開發嗎？」

更累

甲婦：「妳看起來好像很累唷！」

乙婦：「是呀！我先生住院，我日夜都要守著他。」

甲婦：「妳為什麼不請一個護士幫忙照顧呢？」

乙婦：「就是因為請了一個女護士才更要守著他啊！」

全家都愛動物

小賀說：「老師，我家人很喜歡動物；爺爺愛狗，奶奶愛貓，媽媽愛兔子，妹妹愛金魚，我愛大象。」

老師問：「你爸爸呢？」

小賀說：「媽媽總是說爸爸最愛狐狸精了！」

講慢一點就聽得懂

前段時間，小賀去超市，櫃台上有兩個外國人在他前面結賬。

店員問：「Can you speak Chinese?」

兩個外國友人用中文回答：「如果你講慢一點的話，我們可以聽懂。」

店員接著說：「Can……you……speak……Chinese?」

外國人：「……」

只是臭了點

某黑道大哥在世做惡多端，死後下了地獄。他來到地獄時不想讓自己受委屈，於是賄賂小鬼，讓小鬼給他找個好點的刑法，小鬼收了錢帶他來參觀，黑道大哥看到的是上刀山、下油鍋、掏心、挖骨……看得他直冒冷汗，他們來到最後一個刑場，看到許多人站在糞池裡喝咖啡，他心想，這個挺好的，只是臭了點而已。

於是他選了這個，等他剛剛進入糞池端起咖啡要喝時，看守的小鬼大喊著：「休息時間到，所有人恢復成倒立姿勢！腳在上，頭在下，別偷懶啊！」

爸爸的解釋

有一天小賀問爸爸：「爸，『生氣』、『憤怒』、『抓狂』以及『哭笑不得』有什麼不同？」

爸爸說：「我做個實驗給你看，就容易懂了。」

於是他翻開電話簿，隨便找一個姓林的電話號碼，便撥了電話過去，電話接通了，爸爸便按擴音鍵讓小新聽清楚。

爸爸：「請問史特龍在嗎？」

對方：「你打錯了！」

爸爸：「少來了，史特龍在嗎？」

對方：「跟你說你打錯了！」說著就把電話掛了。

之後，爸爸立刻又打電話過去。

爸爸：「請問史特龍在嗎？」

對方：「誰啦！你打錯了。」

爸爸：「請問史特龍在嗎？」

對方：「媽的，神經病。」又把電話掛了。

爸爸馬上又撥了一通

爸爸：「請問史特龍在嗎？」

對方：「你到底是誰？少無聊了喔！」

爸爸：「我是布魯斯威利，我要找史特龍」

對方：「白癡啊，我還阿諾史瓦辛格咧！你去死好了！」說完，就把電話甩上。

爸爸告訴小賀：「這就是『生氣』。」

「接下來，讓你看看，什麼叫『憤怒』吧！」

爸爸又撥一通電話過去

爸爸：「請問史特龍在嗎？」

對方：「你欠扁是不是？要找史特龍打去美國啦！媽的，要是再打來，給我試試看！」說完就更用力的甩上電話。

爸爸告訴小賀：「這就『憤怒』。」

「接下來，讓你看看什麼叫抓狂吧！」

接著，爸爸又撥了一通電話，這次隔了一段時間才有人接，電話一接通……

對方：「他媽的！去你老母！」正當他破口大罵的同時……

爸爸：「請問，是林公館嗎？」

對方：「喔，真是很抱歉！因為剛有人惡作劇，我不是故意要罵你的！」

爸爸：「沒關係，請問史特龍在嗎？」

對方：「哇你娘卡好！」這次沒等他罵完，爸爸就把電

話掛了。

「這就是『抓狂』。」爸爸告訴小賀：「你懂了嗎？」

「嗯！」小賀點點頭：「但什麼是『哭笑不得』呢？」

爸爸笑了笑，又打了同一個號碼，對方快速接起電話

對方：「喂！你是他媽的存心要找麻煩嗎？」

爸爸：「我是史特龍，請問剛剛有沒有人打電話找我……」

新科技

小賀：「太好了，我要當爸爸了。」

小美：「可是我不想生孩子。」

小賀：「為什麼？」

小美：「我怕痛！」

小賀：「妳說生產痛嗎？」

小美：「嗯！」

醫生：「這妳不用擔心，最近最新科技的儀器，可以將

痛苦轉移。」

小賀：「會有什麼後遺症嗎？」

醫生：「是沒有，但是……」

小賀：「但是？」

醫生：「此儀器會把帶卵子者的痛，轉移到精子生產者身上，而且會乘以兩倍……」

小賀：「身為一個男人，這不算什麼！」

小美：「我好愛你喔！」

（過了三個小時，小美正在生產中）

小美：「哇！好痛喔！醫生可以用痛苦轉移的儀器了嗎？」

醫生：「好吧我把力量轉移到二十％！」

小賀：「原來生產痛就這樣而已，根本不會痛！醫生再調高一點！」

醫生：「不行再調高我怕你會受不了。」

小賀：「沒關係，我能忍受。」

醫生：「好吧！（醫生將力量調到五十％）」

小賀：「醫生你到底調了沒啊！根本不痛啊！再調高一點好了！」

醫生：「已經調到五十%了！已經不能再高了……」

小賀：「沒差啦！根本不痛！」

醫生：「（真是怪物啊……）好吧！就照你說的吧！」（醫生將力量調到百分之百）

（生產結束後）

小美：「老公你好勇敢喔！」

小賀：「還好啦，根本不會痛！」

回到家後，小賀才發現隔壁老王家正在辦喪事

惡作劇電話

學生寢室裝電話以後，一段時間電話惡作劇盛行。

一天，小美一個人在寢室裡看書，突然電話鈴響，小美提起電話，「喂……」了幾聲，對方卻始終沒回音。下午五點時，類似的電話又打來了，這已經是當天的第五次了，小

美再也忍耐不住：「討厭！你再不說話我就要罵人了喔！」

第二天中午，大家正在寢室吃飯，電話又來了，小美搶先拿了起來：「你再不說話，就別怪我就不客氣啦！」

只是對面傳來一個標準的性感的男聲：「小姐，您好！這裡是電話服務中心，因為系統昨日故障，影響了您部分通話，我們向您表示歉意，現在我們已經排除了故障，但還要請您協助進行以下測試……」

可愛的小美馬上說：「好，好！」

「請您將您電話上的鍵從1按到0。」

小美照做。

「好的，請您再按一遍，以便確認。」

小美又重按了一遍。

「好的，小姐，經我們測試的結果……您的智商為零！哈哈！」

小美被戲弄後氣的一天沒說話。

第三天，又是小美一人待在寢室的時候，電話來了，又一個好聽的男人的聲音，但明顯與上次不同：「小姐，您好！

這裡是電話服務中心……」

還沒等對方說完，小美就火冒三丈：「你去死吧！」

剛要放下電話，誰知對方說：「小姐，我想您一定是誤會了，這裡的確是電話服務中心，我們得知您受到以我們中心為名義的不良電話騷擾，特來澄清，並承諾將這事追查到底。」

小美一聽，臉紅了：「是這樣啊……不好意思。」

「沒關係，現在我們想了解一下當時的情況，請您將昨天發生的事描述一遍。」

小美猶豫了一下，還是將昨天的事原原本本說了一遍，當說到對方罵她「智商為零」時，可愛的小美臉紅到了耳根。

「好的，小姐，經我們再次確認，您的智商還是為零。」

兔子和熊

有一天，熊和兔子在森林裡玩耍，兩人跑呀跳的，沉浸在自由的歡樂天地中。突然，熊感覺肚子一陣疼痛……

「兔子！我……想上大號！」

「喔！那我們一起去吧，反正我也有便意了。」

兔子很有義氣的陪著熊蹲在草叢裡頭，開始歡樂的大號。

拉到一半，熊看著兔子說：「兔子！你毛沾到大便……沒有關係嗎？」

「沒關係啊！怎麼了？」兔子被熊這樣一問，覺得有點怪。

「沒事，繼續拉！」熊肚子繼續用力，沒多久，又開口問。

「兔仔，你的毛沾到大便，沒有關係嗎？」

「喔喔，沒關係啦！到底怎麼了？」

「沒事！」

「上大號一定會沾到一點的啊！洗掉就好了，幹嘛一直問這種問題？」兔仔抱怨。

最後，熊拉完屎了，站了起來拍拍屁股，再問：

「兔子，你的毛，沾到大便，真的沒關係？」

「你很煩耶！就跟你說沒關係……」兔子話還沒說完，熊就把兔子抓起來擦屁股了。

老師的評語

週記：二月三十日，星期一，晴。

今天一天都沒有出太陽，真不好，爸爸買回兩條金魚，養在水缸淹死一條，我很傷心。

老師評語：我也很傷心，我活了這麼大，二月還從來沒有遇上過一個三十號呢！也從來沒有見過不出太陽的晴天，更沒見過會淹死的金魚。

……………………………………………………………

造句：一邊……一邊……

小明寫道：他一邊脫衣服，一邊穿褲子。

老師批語：他到底是要脫還是要穿啊？

……………………………………………………………

造句：其中

小朋友寫道：我的其中一隻左腳受傷了。

老師批語：你是蜈蚣嗎？

造句：陸陸續續

小朋友寫道：下班了，爸爸陸陸續續的回家了。

老師批語：你到底有幾個爸爸呀？

造句：難過

小朋友寫道：我家門前有條水溝很難過。

老師批語：老師更難過。

造句：又……又……

小朋友寫道：我的媽媽又矮又高又胖又瘦。

老師批語；你的媽媽是變形金鋼嗎？

造句：你看

小朋友寫：你看什麼看！沒看過啊！

老師批語：是真的沒看過。

造句：欣欣向榮

小朋友寫：欣欣向榮榮告白。

老師批語：連續劇不要看太多了！

造句：好吃

小朋友寫：好吃個屁。

老師批語：有些東西是不能吃的。

造句：天真

小朋友寫：今天真熱。

老師批語：你真天真。

造句：果然

小朋友寫：昨天我吃水果，然後喝涼水。

老師批語：「果然」是一句詞！

誰厲害

中央情報局（CIA），聯邦調查局（FBI）和洛杉磯警察局（LAPD）都聲稱自己是最好的執法機構。為此美國總統決定讓他們比試一下。於是他把一隻兔子放進樹林，看他們如何把兔子抓回來。

中央情報局派出大批調查人員進入樹林，並對每棵樹進行訊問，經過幾個月的調查，得出結論是那隻所謂的兔子並不存在。

聯邦調查局出動人馬包圍了樹林，命令兔子出來投降，可是兔子並不出來，於是他們放火燒毀了樹林，燒死了林中所有動物，並且拒絕道歉，因為這一切都是兔子的錯。

輪到洛杉磯警察局，幾名警察進入樹林，幾分鐘後，拖著一隻被打得半死的浣熊走了出來。浣熊嘴裡喊著：「OK、OK ！我承認我是兔子可以了吧……」

FANTACY 幻想家 暢銷精選

《每日一大笑，勝過吃補藥》

請別輕易打開這本書。

若不小心打開了，請別在公共場合閱讀。
若不小心瞄到了，請在旁人報警前闔上。
若還是不小心暴走了——
請立刻以手刀的速度衝到無人的曠地仰天大笑吧！

《這是【便所專用】的腦筋急轉彎》

★最無厘頭的題目，就算絞盡腦汁也毫無頭緒！
★最內傷無言的答案，永遠讓你有暴走的衝動！

上廁所不順暢嗎？人際關係卡卡嗎？
約會頻頻冷場嗎？上班精神不濟嗎？
只要擁有這一本，保證一次就通！

《十二星座看你準到骨子裡》

★只要這一本，解決難事不再是問題！

曾經有段愛情讓你肝腸寸斷？
曾經有位朋友讓你痛澈心脾？
曾經有個同事讓你恨之入骨？
曾經有件往事讓你念念不忘？

別斷、別痛、別恨、別忘！
只要你想得到的東西，通通不漏接，讓你事事順利一把罩。

《星座×血型×生肖讀心術大揭密》

★你所不知道的星座、血型、生肖大小事，
都在這一本裡面！

想攻略你的情人？看這本就對了！
想迎合你的上司？看這本就對了！
想加溫你的友情？看這本就對了！
想幹掉你的對手？看這本就對了！

剪下後傳真、掃描或寄回至「22103新北市汐止區大同路三段194號9樓之1讀品文化收」

▶ 從前從前，有本笑話「叫小賀」 （讀品讀者回函卡）

■ 謝謝您購買本書，請詳細填寫本卡各欄後寄回，我們每月將抽選一百名回函讀者寄出精美禮物，並享有生日當月購書優惠！
想知道更多更即時的消息，請搜尋"永續圖書粉絲團"

■ 您也可以使用傳真或是掃描圖檔寄回公司信箱，謝謝。
傳真電話：（02）8647-3660　　信箱：yungjiuh@ms45.hinet.net

◆ 姓名：　□男　□女　□單身　□已婚

◆ 生日：　□非會員　□已是會員

◆ E-Mail：　電話：（　）

◆ 地址：

◆ 學歷：□高中及以下　□專科或大學　□研究所以上　□其他

◆ 職業：□學生　□資訊　□製造　□行銷　□服務　□金融
□傳播　□公教　□軍警　□自由　□家管　□其他

◆ 閱讀嗜好：□兩性　□心理　□勵志　□傳記　□文學　□健康
□財經　□企管　□行銷　□休閒　□小說　□其他

◆ 您平均一年購書：□ 5本以下　□ 6～10本　□ 11～20本
□ 21～30本以下　□ 30本以上

◆ 購買此書的金額：

◆ 購自：　市(縣)
□連鎖書店　□一般書局　□量販店　□超商　□書展
□郵購　□網路訂購　□其他

◆ 您購買此書的原因：□書名　□作者　□內容　□封面
□版面設計　□其他

◆ 建議改進：□內容　□封面　□版面設計　□其他
您的建議：

讀好書品嘗人生的美味

從前從前，有本笑話「叫小賀」